ハヤカワ文庫SF

〈SF2124〉

宇宙英雄ローダン・シリーズ〈544〉

黄金の粉塵人間

マリアンネ・シドウ&エルンスト・ヴルチェク

原田千絵訳

早川書房

7974

PERRY RHODAN
WOLKE IM ALL
DER EWIGE KRIEGER
by
Marianne Sydow
Ernst Vlcek

Translated by
Chie Harada
First published 2017 in Japan by
HAYAKAWA PUBLISHING, INC.
This book is published in Japan by
arrangement with
PABEL-MOEWIG VERLAG GMBH
through JAPAN UNI AGENCY, INC., TOKYO.

目次

黄金の粉塵人間……………………七
永遠の戦士コジノ……………………一四一
あとがきにかえて……………………二八一

黄金の粉塵人間

黄金の粉塵人間

マリアンネ・シドウ

登場人物

ウェイロン・ジャヴィア……………《バジス》船長

レス・ツェロン………………………《バジス》乗員。ネクシャリスト

メールダウ・サルコ…………………同乗員。格納庫主任

ジャニーン・ヘア
ヘンリー・ホルト
モリブント
……………………同乗員。搭載艇部隊

オリヴァー……………………………ウェイロン・ジャヴィアの息子

テングリ・レトス＝
　　テラクドシャン…………ケスドシャン・ドームの守護者

1

「おはようございます」歌うような声で目ざまし時計が起こす。「四二五年十月十一日の七時です」

ウェイロン・ジャヴィアは右肘をついて横向きに寝そべった。夢の記憶が頭のなかに頑固にのこっている。その夢は、理由はわからないが非常に重要だという感覚はあるものの、詳細についてはもうはっきりとはおぼえていない。このようなときは経験上、二度寝をすれば、次に起きたときには完全に記憶にのこることがわかっている。

視線を子供部屋へ向ける。ドアは閉まっていた。ということは、オリヴァーはまだ眠っているのだ。

あの夢は、息子に関係することだったたか？

それについては確信がなかった。しかし、この疑問はかれを不安にさせた。あのいまいましい夢を思いだしたいという欲求もあることは明らかだ。かれはふたたび沈みこみ、あらためてもうひと眠りしようと試みた。

目ざまし時計は、主人が起きようとしないのを確認し、即座に反応する。

「もう起きたほうがよろしいですよ！」時計がもとめる。「みなさんが司令室でお待ちです」

「黙れ、うるさいやつめ」ジャヴィアは力なくつぶやく。

「あなたを守るのがわたしの役目なのです……」

「しずかにしろ！」《バジス》の船長はうなったが、同時に、それが意味のないことだとわかっていた。持ち主がこのように反抗してきたら、目ざましも自分の任務を遂行する、と、プログラミングしたのはジャヴィア自身なのだ。容量にかなり制限のあるちいさなポジトロニクスは、いっときも黙らず、それはジャヴィアがベッドを出るまでとめることはできない。目ざましはあらためて説教しはじめる。

「それが船長としての義務というもの……」

「もうわかったよ」ジャヴィアが口ごもる。「これ以上わずらわせないでくれ」

そういってかれが腕を立ててからだを起こしたので、相手は本当になにもいわなくなった。

ジャヴィアはバスルームで冷たい水のシャワーに身をさらした。夢の幻影を追いだせればと思ったのだが、この療法はなんの功も奏さなかった。かんたんな朝食をとっている最中も、自分の感情や記憶を分析しようとしたが、それもうまくいかなかった。

かれの気をめいらせているのは、具体的なものではない。汗まみれになって目ざめる悪夢でもなく、事前警告が本当になるかもしれないという現実的不安でもない。

「いったいなんの夢をみたというんだ？」ジャヴィアはちいさな声で自問する。その答えの手がかりさえないという事実が、なによりもかれを動揺させた。

子供部屋のドアが開いたとき、かれは感謝の気持ちでいっぱいになった。オリヴァーのくしゃくしゃになったブロンドの巻き毛頭があらわれると、ウェイロン・ジャヴィアはほほえんだ。息子は頭をあげ、寝ぼけまなこで笑顔を返す。ジャヴィアは夢のことを忘れ、子供が朝の洗面をすませるのを見守った。いつものごとく、きょうもオリヴァーは櫛を正しい方向に動かせない。ジャヴィアは手伝おうと立ちあがった。すっかり身についた日常の動作である。

しかし、この朝、オリヴァーは父親を拒否した。

「やだ！」甲高《かんだか》い声でいう。「自分でできるもん！」

ウェイロン・ジャヴィアはびくっとして身をひいた。オリヴァーは往々にして自分でやりたがる子供なので、このような反応はめずらしいことではない。しかしなぜ、よりにもよってきょう、そうするのか？

《バジス》の船長はふたたびおちつかない気持ちで朝食のテーブルについた。目のはしで息子のようすをうかがう。オリヴァーが櫛を正しくあつかえていないのは明らかである。しかし、ジャヴィアは、かれがちいさな頭を必死に働かせていることを充分に承知していた。この子は、どんな手助けもよけいな世話だとして断固、拒否するだろう。

ようやく息子はしたくを終えると、こちらへきた。ジャヴィアはかれにいつもの朝食をとってやろうと手を伸ばした。

「ぼく、食べたくない！」オリヴァーはいいはなつ。

ジャヴィアは手をひっこめた。

「気分が悪いのかい？」そっと訊いてみる。

「元気だよ」オリヴァーはいいはると、すぐに父親の向かいにすわった。ウェイロン・ジャヴィアは一瞬にして、なにが問題なのか把握した。

オリヴァーはなにかを恐がっている。一見そのようには見えないし、いつもとほとんど変わらない態度をとっているが、父親にはそれがあまりにも明確に感じられた。ジャヴィアは驚愕した。オリヴァーは恐れを知らない子供である。これまでの幼い人生の大半を《バジス》のなかですごしてきたし、この巨大船のなかを快適で安全だと感じている。周囲には、本当に恐い思いをしなければならないことはなかった。オリヴァーは、あらゆる危険を回避するための技術設備についても充分に理解している。乗員たちと遊ぶなかで、かなりきつい冗談をいうこともあるが、ときおり乗員の口から出てくる脅し文句が本気でいわれたことは一度もないし、息子もそれはわかっている。どこまでなら許されるかということも、かれは熟知していた。空想好きの六歳にしては、オリヴァーはまったくしっかりした自制心を持っているし、人を見る目も驚くほど持ちあわせている。たまに何人か、完全に尊重するに値《あた》いしない者はいるようだが。

ジャヴィアは最初、おそらくオリヴァーは少々いたずらが過ぎたので、自分の行為の結果を恐れているのだろう、と考えた。しかし、息子のことはよく知っている。いまはうしろめたさのいかなる片鱗《へんりん》も見られない。

船長は、難事と正面からとりくむことにした。

「おまえ、いったいどうした?」かれはたずねた。「なにが恐いんだ?」

「ぼく、恐くなんかないやい!」息子ははげしくいいかえした。

ジャヴィアは右手を伸ばし、息子の腕に乗せた。右手は、まるでオーラにつつまれているかのように、ほのかに青く輝いている。この現象は、ジャヴィアがけっして話そうとしないある事故によるものである。その事故以来、かれは〝キルリアンの手を持つ男〟と呼ばれ、多くの人はその青い光をうらやんだ。ジャヴィアがこの手で触れるだけで、興奮した人々をおちつかせることができるのだ。オリヴァーももちろんこの効果について知っている。かれがこの手を避けようとしたことは、これまでに一度もなかった。

しかし、今回、息子は恐怖に駆られた動物のように父親の手を見つめ、触れられる寸前に跳びあがってあとずさりをした。

ジャヴィアは驚きと狼狽《ろうばい》のまなざしでわが子を見た。

「どうしたんだ？」

「なんでもないったら！」オリヴァーは言葉を押し出す。

「嘘いっているだろう」ジャヴィアはそう判断し、できるだけ冗談めいた軽い口調を心がけた。しかし、明らかに功を奏しなかったらしい。オリヴァーは唐突に向きを変え、ドアへ歩いていく。

「どこへ行く気だ？」ジャヴィアは思わずきびしくたずねた。

「緑のボドーが、あるものを見せてくれるって約束したんだ」少年は反抗的に説明した。

「遅れたら、見逃しちゃうよ」

緑のボドーといえば水耕係に属していたことを、ジャヴィアはうっすらと思いだした。庭師の真の名門家系の出で、植物を育てる卓越した特質をあらわす〝緑の指〟を代々うけつぐ男である。緑のボドーは疑いなく有能な乗員だが、オリヴァーはどうやって出会ったのだろう。ジャヴィアはけげんに思い、少々問いただすことにした。

「なにを見逃してしまうのかね？」かれは機械的にたずねた。

オリヴァーはドアの近くに立ったまま、ため息をついた。はたから見るとそれは、わくわくする冒険に出かけようとしている子供を理不尽な大人が制止するという、完璧な図を呈《てい》していた。オリヴァーはこの役をうまく演じていて、ジャヴィアはあやうく一杯食わされるところだった。

「たいしたことじゃないよ」オリヴァーはがまんしているふうにいう。「ただの花だから」

「どうしてそんなに急いでいるんだ？」

「だって、その花はきょう咲くんだよ。二、三時間しか開かないの。ぼく、それを見たいんだ」

「そりゃおもしろそうな花だな」ジャヴィアは無理に笑顔をつくった。「それならパパといっしょに行ってみようか？」

オリヴァーはもうすこしでパニックにおちいりそうになっていたが、それを察知できるには、少々の人間観察眼が必要だろう。ジャヴィアはおのれを制するのに苦労した。心のうちでは、息子に駆けよって抱きしめ、安心させたくてたまらなかった。この衝動があまりに大きくなり、思わず立ちあがって子供のほうへ行こうとした。すると息子は、まるで毒蛇を目《ま》のあたりにしたかのように、びくりと身をすくませた。

船長は、失望と狼狽で立ちどまった。

「いいだろう」かれは当惑して口ごもる。「その花のところへ行きなさい」

オリヴァーは一目散《いちもくさん》に駆けていく。ジャヴィアは後悔に襲われた。ひきとめるべきだった。オリヴァーがなにを恐がっていたのかを知ることが大切だったのだ。息子に本当のことをいわせるべきだった。もっとかれの近くによることができていたら、青く光る手で触れられたのに……

ジャヴィアは自分の手を見おろした。まるで、おのれのからだに属していない見知らぬものであるかのように。何年もたつのに、いまはじめて幽霊の手を見るような気がした。指ではなく、恐ろしい炎が燃えているように不穏な青い光だけを見る。

かれは手を目の前まで持ちあげて、見つめた。

ふだんと変わったところはない。透明に輝いている。この類いのものをうつしたキルリアン写真はたくさんあった。キルリアン動画というものもあり、それを見るとジャヴィアの手に欠けているらしい要素がわかる。すなわち、活発なちらちらとした揺らめき、恣意的に変化しているように見える色、いきなり勢いよく飛びだしてくる炎などだ。生物と無生物とを区別するエネルギー性パターンである。

ジャヴィアはふと、はてしない悲哀を感じて、手をおろした。死んだ物体のようにぶらさがっている手から、視線をはなすことができない。見つめているうちに、あらたな炎に気づいて、いっきに不安に襲われた。

それは、ずっと頭からはなれないあの夢のなかで見たものだと、かれは瞬時に悟った。

うごめく閃光で満たされた青い揺らめきである。生命にあふれた光景だが、ウェイロン・ジャヴィアをよろこばせるものではなかった。それは危険に満ちた恐ろしいイメージである。かれの知っているいかなる種類の生物も、その危険性を想像することはできないだろう。しかし、同時にそれはまた、実現しない約束に満ちた魅惑的なイメージでもあった。

それとも、実現するのか？

ジャヴィアは、トランス状態におちいったように手を見おろしていた。やがて、インターカムが弱いブザー音を発する。

かれは驚いて跳びあがった。この熟知しているキャビンのなかで自分の位置をたしかめるために、しばらくの時間を要するほどだった。酔っぱらいのように千鳥足で装置へと歩いていくと、手探りで正しいセンサーの位置を探し、わけもわからずぼんやりとスクリーンを見つめた。そこには奇妙な顔がうつっている。しばらくたってからようやく、レス・ツェロンを見ていることを認識した。《バジス》内科学者たちの調整役だ。レスがとめどなくしゃべっているが、ジャヴィアにはひと言も理解できなかった。奇妙な顔に見いっていたのだ。まるで風刺画のように見える。そこへまたべつの映像……オリヴァーがレス・ツェロンを描いた絵……が、目の前にあらわれた。下のほうには、つたない文字で〝シマリス〟というあだ名が書いてある。ジャヴィアは以前から、このあだ名がぴったりであると思っていた。レス・ツェロンの頬はみごとに垂れていたのだ。しかし、いまはじめて、かれにはその深い意味が明確になった。

ハムスターが食べ物を蓄えるように、ツェロンは事実を収集する。なにごとについても多少の知識があり、すべての専門分野の科学者たちの調和をはかる者としては理想的だ。この男がどうやってそれをこなしているのか、ウェイロン・ジャヴィアはしばしば疑問に思ったもの。しかし、いまジャヴィアの目には、相手がもぐもぐ口を動かすハムスターに見えていた。頬袋は知識というちいさな穀類でいっぱいで、あとはそれを正しい順序でとりだせばいいだけだ。このイメージが的はずれであることは自覚していたが、それが精神の目の前に立ちはだかって、押しのけられない。ツェロンはまだしゃべりつづけているが、ジャヴィアはかれの話を聞く能力を失っていた。マルチ科学者の姿が目の前で消え、コンピュータ・エレメントの数々に変わっていくさまが見える。レス・ツェロンは、たくさんのセンサー・ポイントをそなえた端末に変身した。プログラミングされたデータの算出可能な範囲でなら、触れるだけで答えを出してくれるだろう。

「……あなたはわたしの話を聞いていませんね！」レス・ツェロンの唖然とした声がジャヴィアの耳にはいってきた。船長ははっと驚いて、心を乱す奇妙なヴィジョンを追いはらう。自分の行動がおかしいとは気づいていた。かれはけっして幽霊を見たり、実在しないものを信じたりするタイプではない。もしそうなら、この巨大宇宙船の船長に任命されることもなかったろう。ジャヴィアはそう考え、自分が責任を負う立場にあるという事実をいま一度思いおこした。自分は一万二千人の安泰に責任がある。どうしていつまでも夢のことを考えつづけたり、レス・ツェロンを生きたポジトロニクスとみなしたりしたのだろうか？

「すまない」ジャヴィアは心苦しそうにいう。「集中できていなかった。とても奇妙な夢をみて、それを忘れるのに手間どってしまった。いま、なにをいったのかね？」

レス・ツェロンは目を細める。

「夢ですって？」かれは不審げにたずねる。「細かいことまでおぼえていますか？」

「いや」ジャヴィアは短く答えた。この話題は都合の悪いものだったのだ。

「それは残念」ツェロンはつぶやく。「わたしのもとへだんだんと集まってきた報告をもし信用していいのならば、数百人の人々がゆうべ奇妙な夢をみたというのですよ。しかし、だれひとりとして、はっきりしたことを思いだせないのだそうです」

この言葉に、ジャヴィアは冷たいシャワーを浴びせられたような気がした。

「数百人だと？」かれは狼狽して聞きかえす。

「おそらく、もっとです」ツェロンは淡々と断言する。「一部は心理学者のところへいったり、薬をのんだりしています。自分でなんとかしようとする人たちの数もふくめると、かなりの大人数になります」

「どういうことだ？」

ツェロンはわからないというそぶりをし、

「われわれ、もう長すぎるほど航行していますから」と、いう。

「惑星クーラトをはなれて、たったの五カ月しかたっていないじゃないか」ジャヴィアが怒ったように反論する。

「客観的には短い期間でしょうが」レス・ツェロンは認めつつ、「しかし、あれ以来、故郷惑星といかなるコンタクトもとれなくなったことを忘れてはいけません」

「それのなにが特別だというのか？　これまで、何十年も連絡がないままの船だってあるではないか……」

「それはわかっていますが」ツェロンが船長の発言に口をはさむ。「しかし、そうした船の乗員たちの場合はべつの前提から出発しなければ。かれらは通信接続にたよらざるをえないし、ハイパー通信でさえ限界がありますから、いつか連絡がつかなくなるのはごく自然なことです。それに対し、われわれは……」

そのとき、ジャヴィアが突然に身を乗り出したので、ツェロンは驚いた。

「また、その話をはじめるのか？」船長は小声で訊いた。

レス・ツェロンはキルリアンの手を持つ男を眺めて考えこんでいたが、笑いながらかぶりを振った。

「あなたも、自分で思い違いをしていたとわかっているはず」かれはしずかにいう。

「では、いいます……ペリー・ローダンは〝目〟を使ってわれわれのようすをときどき見にくるといっていましたが、その約束を守っていません。これは不安をかきたてる事実ですし、あなたもそれは否定しないでしょう。しかしわたしは、ペリーの命令など忘れろと要求するヒステリックな連中とはべつの考えです。わたしは銀河系にもどりたくありません。ここは解決しなければならない謎だらけです」

「もしそうならば」ジャヴィアはため息をつく。「どこにその謎があるのだ？」

「べつの方面に想像力を使ったなら、乗員たちの不安は解消すると思いませんか？」

ジャヴィアはうなずき、小声で答えた。

「われわれはいま、深淵の騎士とポルレイターについてさらなるシュプールを探っているところだ。ここノルガン・テュア銀河のあまたの惑星を探しまわり、相当数の未知種族と接触した。しかし、一歩も前進していない。レス、われわれには思案する時間がありすぎるんだ。そんなことをしていると、あらゆるよからぬ考えにいきついて、フラストレーションのたまる任務を拒否する者が出てくるのも無理からぬこと。惑星から惑星へと飛びわたっても、なにも見つからないのだからな。おまけに、ペリーからも連絡はない。故郷惑星へ帰って、この捜索にそもそも意味はあるのか検証してみたいと思うのは、当然なことではないか？」

「しかし、あなたとしては、それは間違いだと確信しているのでしょう？」

「そうだ。きみは違うのか？」

「わたしだってそうです。しかし、われわれが確信したところで、なにも進みません」

「われわれに必要なのは、具体的な痕跡だからな」ジャヴィアは肯定する。「ペリーの約束について思いをめぐらす時間などまったくなくなるほど、人々が想像力を集中できるような、なにかが必要なんだ」

「もしそのようなシュプールがあるとしたら、あなたはなんというでしょうか？」

「それを乗員たちに見せてやれ、と、きみにたのむだろうな」ウェイロンはしばらく考えていった。「それも、できるだけすぐにだ」

「もしかしたら、ほかの者たちに知らせる前に、まずあなたがそのシュプールを見たほうがいいかもしれないのでは？　でなければ、かれらは驚いてしまうでしょう」

「それはどういう意味だね？」ジャヴィアがあわててたずねる。

「いったとおりの意味です」ツェロンはあっさり応じる。

「ということは、きみはなにかを発見したのか？」

「わたしはネクシャリストですよ」レス・ツェロンはしずかにいう。「ネクシャリストというものは、一般の意味での発見をするのではありません。わたしはただ、ほかの人が発見したものを正しく関連づけるだけです」

ジャヴィアの神経は、あのおだやかならぬ夢のせいで、かなりすりへっていた。自分自身を制御して、過激な返答をしないようにつとめる。もちろん、レス・ツェロンが《バジス》でどのような役割をはたしているかは承知している。かれは、レスが自分をうまくかわそうとしていることに気づいた。この男が時間を稼いでいることも、こちらの気を挫《くじ》こうとさえしていることも。

「それを見たい」ジャヴィアは荒々しくいう。「いますぐにだ！」

ツェロンはかまわないというそぶりで、ぼそぼそいう。

「どうぞご自由に。天文部へきてください。わたしはそこで待っています」

「なにをするつもりだ？」ジャヴィアは憤然として問いかえすも、スクリーンはすでに暗くなっていた。ツェロンはなんらかの根拠があって、通常の方法でそれをジャヴィアに伝えるのを拒んだのだ。

《バジス》の船長は、ため息をつきながら天文部へとおもむき、レス・ツェロンを入口の前に見つけた。ツェロンはおちつかず神経質になっているようすだ。垂れた頰は、なにかかたい塊りを嚙みつづけているかのように、上下に動いている。

「なぜわたしをここまで呼びつけたのだ？」ジャヴィアはいらだって訊く。

「いつものスクリーンで見るべきではないからです」ツェロンはかなりぶっきらぼうに答える。「とにかく最初は。あなたのようにこの船の責任を持つ人ならなおさらです」

「意味がまったくわからん！」

「すぐにわかりますよ。きてください」

ツェロンは船長を天文学者の〝聖域〟へと案内した。そこは巨大なスクリーンのあるホールで、宇宙空間のようすをつねに直接、伝えてくる。ネクシャリストが司令コンソールへ近づき、キイを押すと、ライトが消え、スクリーン上に無数の星々があらわれた。

それは、ジャヴィアがあまりにもよく知る図である。《バジス》はノルガン・テュア銀河中枢部からそれほど遠くないところにいた。つまり、複数の恒星がすでにかなり近くに集まっていることになる。

「これを見るためならば、わたしがここまでくる必要はなかった」

ツェロンはなにも応えないかわりに、手で合図をした。と同時に、無数の恒星の現在位置をしめすスクリーンが暗くなり、ひとつの弱い赤色の微光のみが見えるようになる。恒星が暗くなればなるほど、そのうしろやあいだに存在していたなにかが、黒い背景に対してはっきりと浮かびあがってきた。

最初、それは緩慢に動いているひとつのぼんやりした斑点だった。ジャヴィアは装置のエラーだと思って、ツェロンをけげんそうに見やった。しかし、ツェロンは動じることなく黙っている。すると斑点はだんだんと大きく明瞭になり、不気味な雲のような輪郭を描きだした。この雲が色づいてくると、赤く輝く恒星はほぼ完全に見えなくなった。

ジャヴィアは無意識に自分の手を見おろした。

手は淡青色に輝き、その光がこれまでよりもずっと強くなっているように感じられた。

ジャヴィアはあっけにとられて、同じ色に光る不思議なその雲を見つめる。

「なんなんだ？」ジャヴィアはささやくように問う。

「あなたなら、これをなにに分類しますか？」

「わからん」ウェイロン・ジャヴィアは白状する。

「われわれの専門家たちも全員、同意見です」ツェロンは淡々という。

「われわれのいる場所からどれほどはなれている？」

「ほぼ二十光年。この銀河の中心から七十光年の距離にあります」

「位置は固定しているのか？」

「これまでわれわれが探り出したところでは、そうです」

「大きさは？」

「直径およそ二・五光年」

「動いているのはどうしてだろう？」

「わたしにそんなことを訊かれても」ネクシャリストはため息をついてから、こういう。

「どうでしょう、これをあらたなシュプールに分類するのは？」

ジャヴィアは遠くにある雲を観察した。雲の位置は変わらないが、その内部だけが動き、たえず姿を変えている。かれの目の前で、色が明るい青から透明なグリーン、黄色、オレンジへとうつりかわっていく。色あいは均一ではなく、全体を通して揺らめいている。かたちも安定しない。クラゲが触手を伸ばして空間をつかもうとするように、絨毛状《じゅうもう》にひろがっている。べつの個所では出っぱりや深い食いこみが生じ、そのさい全体の輝度も変化した。

まるで、生きているだけでなく、ほとんど知性をも持っているように見えて、恐怖をいだかせるほどである。ジャヴィアはいたたまれなくなり、ツェロンを振り向いた。

「もう充分に見た」かれは乱暴にいう。「切ってくれ」

ネクシャリストはセンサー・ポイントに触れ、考えこんでうなずきながら、

「典型的な反応です」と、いいそえた。

ジャヴィアは放心していた。スクリーンの映像が消え、自動装置が照明を人間の目が耐えうるレベルにまで明るくしても、まだあの不思議な輝く雲が目の前からはなれなかった。

「われわれ全員も、最初は目をそらしました」しばらく船長の反応を待っていたツェロンがいう。「しかし、何度も見るうちに、だんだんとひきこまれていったのです」

ネクシャリストはふたたび待ったが、長い間をおいてもジャヴィアがまだ黙っているので、憮然としてつづけた。

「これはあなたが決断することです。飛んでいって、ようすを見ることもできるし、それをしないことだって選択できます」

その攻撃的な口調にはっとして、船長は雑念を振りはらった。

「じっくり観察しよう」ジャヴィアはおちついていう。「ただし、警戒するように」

「ポルレイターあるいは深淵の騎士となんらかの関わりがあるのか、判断するのは困難ですがね」ツェロンが用心深くいいそえた。

ジャヴィアはそのことについてしばし考えてからほほえみ、つぶやく。

「われわれは、ポルレイターや深淵の騎士について、ほとんどなにも知らないに等しい。あの雲についても、これまでなにも知らなかった。とても科学的とはいえない考えだが、わたしはこの三つのことがすくなくともひとつの共通点を持っているように思う。それはなにかしら希望に満ちたもののように思えるのだ」

「それでは、あなたの決断はかたいということですね？」

《バジス》の船長は一秒だけ躊躇《ちゅうちょ》して、

「そうだ」と、いった。「わたしはこれから司令室へ行く。詳細な飛行データをそろえておくように。それから、われわれの新しい飛行目的地をインフォ・チャンネルのひとつで見られるようにしておいてくれ」

「本当に全乗員に見せるつもりなのですか？」

ジャヴィアは笑ったが、それはほんのすこし本心でないようにも聞こえた。

「いいではないか？　だれもそのせいで逆上したりはしないだろう。よく考えてみると、わたし自身、できるだけ早くもう一度見たいと思うほどだ。最初はたしかにひるむが、きみのいうように、ひかれるものがある」

レス・ツェロンは黙ったままうなずく。垂れた頬の肉が震えていた。目には、根っからのネクシャリストとして知識への渇望がある。しかしその奥に、言語に絶する未知の構造物に対する生物特有の恐れがあるのを、ジャヴィアは見ぬいていた。

一瞬、この恐れの一部が船長をも襲ってきた。ふたつめの指示をもうすこしでとりけすところだった。しかし、かれは踏みとどまった。

〝瓦礫《がれき》の山〟……ジャヴィアは往々にして乗員たちのことを愛着をこめてそう呼んでいる……には《バジス》の前になにが存在するのかを知る権利がある。それはさておいても、かれらは例外なしに信用のおけるメンバーだ。かたちや色調が変化する雲が目前にあるからといって、けっして大騒ぎしたりしない。二、三時間のうちに、かれらからは、この現象を説明しようとする無数の理論が出てくることだろう。

ジャヴィアは自分の本分を知っている。あの雲は見逃していいものではない。かならずしも威嚇《いかく》的には見えないため、人々は雲について語ったり憶測したりすることにこだわりがない。だが、それに集中すればするほど、背後では未知の現象に対する恐れが無意識のうちに増すのである。

ただ、ジャヴィアにはひとつのことが気になってしかたなかった。なぜ大勢の人々が不可解にもあの雲の夢をみたのだろうか……その存在を知る前だったというのに？

2

主司令室内は、光を落とさなければならない技術的な理由がないかぎり、ほぼ常時、真昼のように明るい。ただ、探知機周辺だけは薄暗くなっており、スクリーン上では数字や図形や実際の映像が、目まぐるしい速度でうつりかわっている。

ウェイロン・ジャヴィアはこの領域を通りすぎることもできただろう。事実、ふだんはそうしている。かれは探知士たちが傍受したものを、副次的データには関わらないでいいように圧縮したかたちでうけとっていたので、最終的には自分の任務のためにスクリーン上の映像を知る必要はなかったから。

しかし、この朝はなぜか、よりにもよってこのセクションを見まわる気になった。

なんとなく、雲についてのくわしい情報を得られるかもしれないと思ったのだ。だが、あの構造物は通常の手段ではまったく探知できていなかった。おそらく、天文学者たちが雲をまだ秘密裡《ひみつり》にしておけるなんらかのトリックを編みだしたのだろう。

ジャヴィアのふたつめの希望も叶《かな》わなかった。それはつまり、雲以外に、あの不穏な夢の原因となるものを発見できないかという期待であった。

ジャヴィアがちょうど探知セクションをあとにしようとしたとき、後方のどこか遠くから、驚きの叫び声が聞こえてきた。かれはあわてて振りかえる。一瞬、制御コンソールのうしろにブルー族の皿頭が見えた。その男は立ちあがり、興奮して両手を振りまわしながら叫び声をあげている。ブルー族の声はいつも超音波領域へとそれるので、なんといっているのかは理解できない。ジャヴィアが制御コンソールのほうへ数歩踏みだすと、いきなり警報サイレンが鳴りだした。突然の騒音のなか、声が響いた。

「一物体が衝突コースにあります！」

「司令室より船長へ」べつの声が割りこんだ。「応答してください！」

だれかがジャヴィアの肘をつかみ、通話装置まで連れていく。その手をジャヴィアはいらだって振りほどき、通信をつないだ。

「そちらでなにが起こったんだ、サンドラ？」かれは冷静に訊いた。

《バジス》の副長であるサンドラ・ブゲアクリスは、そのときまだべつの方向を見ていた。それからジャヴィアの顔がうつっているスクリーンのスイッチをいれ、黒い瞳で船長を見つめた。

「なにかがこちらに近づいてきています」彼女が説明する。「見たところ、操縦されることなく空間を漂っている物体のようです」

「大きさと距離は？」

「まだ充分にはなれていますし、とてもちいさなものです。もしなりゆきにまかせても、こちらにはほとんど害がないほど」

「では、警報はいったいなんのために？」ジャヴィアは驚いてたずねた。

「レス・ツェロンが新しい飛行データを伝えてきましたが」サンドラが説明する。「物体は、まさにこの雲の方向からやってきているのです」

それにはとくに意味はない。《バジス》と光る構造物のあいだには、条件つきながら居住可能である惑星を持つ星系が、すくなくとも四つある。ノルガン・テュアの恒星の大部分はすでにかなり古いが、この銀河にはここを支配する条件に順応した多様な生命が存在することが、いまではわかっていた。とはいえ、警報が鳴ったのはもちろん正当なことである。

「そちらへ行く」ジャヴィアは判断し、司令室へ向かった。

主司令室でジャヴィアは、レス・ツェロンが任務を迅速にこなしたことを確認した。新しい飛行データが手もとにそろっており、スクリーン上には雲が揺れ動き光っている。その様相を見ていると、船長は自分のキルリアンの手を眺めてみたいという気持ちになった。が、いまはほかにやるべきことがある。

《バジス》はかなり前から方向確認のためのインターヴァルにはいっていた。宇宙空間を光速以下で航行し、困難な捜索を続行するための手がかりを得ようと、あらゆる方向を測定している。警報の誘因となった物体は、実際にはすでに巨大宇宙船の至近距離にまで迫っていた。もっと早く発見できなかったのは、銀河中枢部を支配している状況のせいである。この状況下では、あまりにちいさな物体の場合、まったく見えなくなってしまうのだ。

物体はいつのまにか接近し、そのかたちが認識できるほどになった。それはウニに似ていて、表面にぎっしりとならんだ短い棘《とげ》が全方向につきでている。〝胴体〟の直径は百メートル、棘の長さは平均三十メートル。両極がやや平坦になった楕円体で、横から見て子午線が短径であり、赤道が長径となっている。

「いったいぜんたい、あれはなんなのでしょう?」船内技師のミツェルがたずねた。

「宇宙ハリネズミだな」ちょうど室内にはいってきたレス・ツェロンが冗談めかしていう。

「宇宙船よ」冷静なサンドラ・ブゲアクリスが非難するように指摘し、そのついでにジャヴィアのだらしない服装を横目でちらりと見た。とっくに気づいていたのだが。「先ほど確認したのですが、この物体はインパルスを発しています」

「どの周波だ?」ジャヴィアはおちついてたずねる。

「周波ではありません」首席通信士のデネイデ・ホルウィコワが口をはさむ。「この未知船はプシオン・インパルスを放射しています」

船長は思わずあの謎めいた夢のことを考えた。たとえそのように関連づけることが、いまのところまだ、あまりにかけはなれたこじつけに見えるとしても。

「そのプシオン・インパルスの内容も確認できるか？」ジャヴィアはデネイデにたずねた。

首席通信士はかぶりを振る。

「いまのところはわかりません」彼女は説明する。「でも、もっと接近すれば、ひょっとして、わたしたちのまったく気にいらない方法で知ることになるかもしれません。かなり強力なメッセージを送ってきています。もしも船内にミュータントがいれば、とっくに解読できているのですが」

「しかし、われわれのところにはいないからな」ジャヴィアは淡々と述べた。

前かがみになってセンサー・ポイントに触れた。スクリーンが明るくなる。《バジス》の格納庫主任、メールダウ・サルコがけげんそうにジャヴィアを見おろしていた。

「搭載艇を一隻、出さなければならない」船長は説明する。「プシオンを放射する物体がわれわれの前にいる。いま必要なのは、緊急時に遠隔操作で呼びもどせる小型艇と、最低限の乗員だ」

「わかりました」そういうと、サルコのグレイの目が光った。

《バジス》は制動をかけ、〝宇宙ハリネズミ〟から一定の距離をたもちながら後退した。

この奇妙な小型船が危険であると示唆《しさ》するなにかを、まだ船内のだれも認めてはいなかったので、それは大げさな予防処置であるかのように見えた。

しかし、揺らめく雲からプシオン・インパルスを発信しながらやってきたと思われるなにかは、やはりそうとうきな臭い。無謀であるより慎重すぎるほうが賢明であろう。

*

それとまったく同じことをジャニーン・ヘアも考えていた。スペース＝ジェットの艇内で、偵察飛行のためにメールダウ・サルコが選んだモリブントとヘンリー・ホルトに会ったときのことだ。未知の小型船は外見上なんの問題もなかったが、あらゆる敵対者にあからさまにその尖った棘を向けて伸ばしているこの物体を、スクリーンは排除すべきものとして表示している。〝ハリネズミ〟が発する脅威を感じているジャニーンは、そこへ自分が飛んでいかなければならないと考えると、気分が悪くなるだけだった。

それでも彼女は、メールダウ・サルコに連絡して、ほかの乗員ととりかえてほしいと申請しようという考えはまったく持たなかった。

ジャニーン・ヘアは華奢《きやしや》な体格で、褐色の肌をした、二十歳そこそこのテラナー女性である。宇宙航行技術の基本教育訓練を終えて、どの専門領域に進むべきか考えていたところ、ノルガン・テュアへの出発を間近にひかえた《バジス》で、いくつかのポストが新しく補充されることになったと聞いた。あまり期待せずに応募してみたら、驚いたことに採用され、搭載艇要員として配属されたのだった。

未知銀河を縦横に飛行するあいだにはじめて、ジャニーンにはある鋭敏な能力がそなわっていることが明らかになった。彼女はミュータントではまったくない。しかし、《バジス》のほかの乗員よりも、プシオン・インパルスにうまく呼応することができるのだ。

ジャニーン・ヘアのスペース＝ジェットでの役割は、昔の炭坑夫が坑道に連れていったカナリアと同じようなものだった。プシオン・インパルスへの反応が平均的でしかないヘンリー・ホルトとモリブントは、棘を持つ宇宙船へのアプローチのさい、ジャニーンから目をはなさずにいるだけでいい。彼女がなんらかの影響をうけている徴候をしめしても、とりあえず、危険ゾーンをぬける時間は充分にあるということ。ただし、その影響がヘンリーとモリブントを倒すほど急激だったり、あまりに強力である場合は、そのかぎりではない。そうなった場合は、《バジス》内の乗員たちが、ただちにスペース＝ジェットの操縦をひきつぐようスタンバイしている。

ヘンリー・ホルトとモリブントはポーカーを好むことから、この小型艇を《ロイヤル・フラッシュ》と命名した。ふたりはよく似ていたが、親戚同士というわけではなく、まったくの偶然である。ヘンリーはテラの出身だ。それに対し、モルの愛称で呼ばれるモリブントは、すくなくとも半分は古きアコン人家系の出である。その末裔《まつえい》がスプリンガーの女性に恋をしたため、かれはアコンの一族からビロードのような褐色の肌とまっすぐな黒髪を、母方からは恰幅のよさを譲りうけた。それ以外の財産は、どちらの側からもうけついでいない。

ヘンリーとモリブントがスペース＝ジェットのコクピットにならんですわると、体格のいい男ふたりには室内が窮屈すぎるという印象をぬぐえないだろう。そこにジャニーン・ヘアのような華奢な女性がくわわると、まるで二頭の熊と一羽のウサギが檻《おり》にいれられているようである。

それでも、《ロイヤル・フラッシュ》が格納庫エアロックを飛びだし、〝ハリネズミ〟へ向かってコースをとると、ジャニーンにとってはこの男ふたりの存在がほぼ唯一の安心要素であった。

「なにか感じるか？」ほぼ三分の一の距離を過ぎたところで、モリブントが低い声でたずねた。

「わからない」ジャニーンは心もとなく答える。「わたし、恐いわ。でもどこからこの恐怖がきているのかがわからないの。たぶん、あの〝ハリネズミ〟からだと思うのだけど、もしかしたら、わたし自身のなかからかもしれない」

「彼女はなにも感じていません」モリブントが《バジス》に報告する。「ついでに、われわれもなにも感じません。もっと接近してみます」

《バジス》から短い承認のシグナルがきた。ヘンリーはスペース＝ジェットのスピードを若干あげた。

ジャニーンは黙ったまま、〝ハリネズミ〟がだんだん大きくなるさまを観察している。もう特殊光学装置の助けなしに、物体の表面をつぶさに確認することができた。棘と棘のあいだに線と点が浮かびあがっており、それが装飾のように見える。

「まだなにも？」ヘンリーがジャニーンにたずねた。

ジャニーンは自分の内部にあまりに集中して耳を澄ませていて、かれはもう一度質問をくりかえさなければならないほどだった。彼女はかぶりを振る。

「司令室があの物体からなにを受信したのか知りたいものだ」モリブントはけなすようにいう。「典型的な誤警報だったんじゃないか」

「ようすを見よう」ヘンリーが提案し、《ロイヤル・フラッシュ》の飛行速度を落とした。

「目的物に到達しました」モリブントが《バジス》に報告。「こちらはなにごともなく、未知船もなんの活動も認められません。入口を探しましょうか？」

「いや」即答が返ってきた。「まわりを何周かして、指示を待て。専門家たちが〝ハリネズミ〟をよく見たいといっている」

《ロイヤル・フラッシュ》は、棘の最先端までわずか五百メートルまでに迫り、命令にしたがって周回しながら、表面のそれぞれの点と棘のあいだをとらえた。線と点の正体は、多数の六角形プレートを粗い仕上げで接合させた溶接の継ぎ目と、大型リベットであることがわかった。棘はどれも、プレートのまんなかからつきでていた。しかし、棘のないプレートもある。それらは、両極から放射状にはしるような帯を形成している。宇宙航士三人の意見では、入口はそのような帯と赤道の交点にあるか、あるいは直接どちらかの極に見つかるだろうということになった。

未知船の表面を周回すればするほど、それがとても古いものであることがわかってきた。継ぎ目を見ると、多くの棘が折れているのが確認できる。そのうちのいくつかは、基部しかのこっておらず、プレートはぼろぼろに傷ついている。

「どんなふうだ?」ヘンリーはジャニーンにたずねる。「そろそろなにか感じてもいいころじゃないか?」

彼女は、わからないというように、

「不安で疲れているけど、それだけ。ずっと睡魔と戦っているわ」

突然、モリブントが自分の上腕をひっかきはじめた。

「どうです、《バジス》?」と、やきもきして問う。「もう充分に見たでしょう? われわれにあの物体を調べさせてください。でなければ、呼びもどしてください！」

「なんだか虫の居所が悪いな？」ヘンリー・ホルトが驚いてたずねる。

「とにかくうんざりなんだ」モリブントが鼻息を荒らげる。「もうがまんできない」

「もどるように、《ロイヤル・フラッシュ》！」《バジス》からの命令がくる。

ヘンリー・ホルトは急に怒りをおぼえた。理性のどこかかたすみには、自分が分別ない行動をとっているという自覚があったが、それが意識の前面に出てくることはなかった。かれは突然、スペース＝ジェットのコースを〝ハリネズミ〟の方向へとった。

「もどれ！」スピーカーから叫び声が聞こえる。

「うるさい！」モリブントは息まき、通信接続を切った。

《ロイヤル・フラッシュ》が棘に達すると、ジャニーン・ヘアは両手で目をおおって、うめき声をあげた。

「雲が！」彼女は叫ぶ。「光る雲が！」

ヘンリー・ホルトとモリブントは彼女の声など聞いておらず、どんどん近づいてくる六角形のプレートを凝視している。スペース＝ジェットは棘の谷間に着陸した。ヘンリーは振りかえり、ジャニーンに宇宙服のヘルメットをかぶせる。それから自分のヘルメットを閉め、急いで跳びだした。ジャニーンはよろめきながらかれのあとにつづいた。

モリブントはすでにエアロックで待っていた。一瞬ののちに、かれらはこの古い宇宙船の傷跡だらけの表面に立った。棘はまわりをとりまく不気味な森のごとくそびえている。

ヘンリー・ホルトは三人のなかでもっとも抵抗力があった。この未知の環境のなかで自分をとりもどすと、どうしてここまできたのかとむなしい思いで自問した。スペース＝ジェットのほうを振り向く。かれの脳内では、ふたつの異なる大波がぶつかりあっていた。一方の波は、現実を抹消し、できれば行きたくない遠方へかれをひっぱっていこうとする。そこでは、個々の人間の理性など救いがたく失われてしまう。もう一方の波は反対に、現実を力ずくで強要するかのごとく、新しい記憶の断片を押しつけてくる。

やがてついに、ある考えがヘンリーのなかを鋭くかつ明瞭につきぬけた。《バジス》はもどるよう命じてきた。そのうえ《バジス》は、いつでもスペース＝ジェットを制御下におくことができる。つまり、小型艇はいまにもスタートして、乗員三人をこの奇異なハリネズミ船に置き去りにするかもしれないのだ。

ヘンリー・ホルトはあぶなげな足どりでエアロックへ向かった。そこにたどりつく前に、スペース＝ジェットが目の前でスタートしてしまわないかと、気が気ではなかった。それでも、これ以上速く大股で歩くことはできない。このちいさな古い宇宙船の表面には、ふつうに動けるほどの重力がかかっていることが、だんだんとわかってきた。ということは、思うように前進できないのは重力の問題ではない。それはむしろ、悪夢のなかの感じであった。足から力がぬけていくようなのだ。ねっとりしたシロップがぶあつくたまったなかを歩いていて、自分の意志ではどうにもならない感じである。それどころか、速く歩こうとすればするほど遅くなるのだ。

ハリネズミ船のなかになにかがいて、かれを呼んでいた。しかし、ヘンリーには聞こえなかったし、メッセージの内容も感じとれない。ただ本能がそのなにかを敵意あるものに分類し、逃げるようにと警告している。しかし、かれの意識のべつの層には、この本能が正しくないかもしれないという疑いも根強くのこっていた。

ヘンリーはどうにかスペース＝ジェットまでたどりついたが、百パーセントよろこぶことはできなかった。それどころか、この未知船に対してなにか良心がとがめた。船はなにかを伝えたがっているし、その伝言はとても重要なものらしいのだ。それでもかれは船から逃れた。

ヘンリーは混乱して、ジャニーンとモリブントのほうを振り向く。

ふたりはまだ自分が去ったところと同じ場所に立ち、そこからほとんど動いていなかったと断言できるだろう。だが、すくなくとも、かれらは向きをかえていた。こちらを見たまま身動きしない。ヘンリーがやっとのことで手をあげて、こちらへくるように合図を送ろうとすると、ふたりは身をひるがえし、一瞬のちには異様な棘のあいだに消えていった。

ヘンリー・ホルトは、自分の抵抗力が落ちてきたと感じた。必死の思いで、エアロッ

ク を閉める。やっとのことで司令コクピットにたどりつき、四つんばいになって通信コンソールまで這っていった。通話接続を作動させると、鋭い声が耳に飛びこんできた。「きみを連れもどす！」その声がいう。

「だめです！」テラナーはぜいぜい息を弾《はず》ませた。「ほかの者たちがまだ外にいます。かれらを連れもどさなければ」

その声は、なにか未知の影響について述べたが、ヘンリーはもうちゃんと聞いていなかった。すると突然、かれはふたたび明瞭に思考できるようになった。というよりも、そう思いこんだ。

かれは、それがプシオン・インパルスとなにか特別な関係があることを理解した。プシオン・インパルスは計器で測定することはできるが、解読はできない。生命体のみが、インパルスのなかにかくれているメッセージを認識できるのだ。

ヘンリー・ホルトには確信があった。自分はこれまでのところ、メッセージらしいものはなにもうけとっていない。しかし、《バジス》の人々は機器の補助によってわかるよりも多くのことを、わたしが知ったはずだと考えている。だから、それが誤解だと認識しないかぎり、連れもどそうとするのだ……ジャニーンとモルの身になにか起こっているかもしれないというのに。

自分がそれに逆らって、スペース＝ジェットを去れば、送還を正当化するものはなにもなくなる。

これほど早く考え、行動したことはいままでの自分の人生にない、と、ヘンリーは思った。稲妻のような速さで小型艇から出ると、見えない糸にひかれるように、あばた状の棘のあいだをぬけた。すると突然、ハリネズミ船のプレート装甲板にある開口部に、いまにもはいろうとしているジャニーンとモリブントの姿を見つけた。

「待ってくれ！」ヘンリーは叫んだ。

ふたりはなにも反応しない。ヘンリーは速度をあげて走り、その開口部に頭から跳びこんだ。そのとき、なにか動くものが自分の足をなでるのを感じて、ひどいパニックに襲われる。プレートが閉じるのを驚愕のまなざしで見た。最後の瞬間に足をひっこめなかったら、はさまれて切断されていただろう。

この認識は、ヘンリー・ホルトをすっかり正気に返らせた。まわりを見わたすと、自分が楕円形の通廊にいることがわかった。この地点からせまいカーブになっている。外殻でははっきりと感じとれる重力があったのに、ハリネズミ船のなかは不可解なことに、無重力が支配していた。跳びあがってみたところ、曲がり角にぶつかり、ハッチへとはねかえされる。幸運だった。ハッチがひと足早く閉まっていれば、足だけでなく、自身が文字どおりまっぷたつになっていたところだった。

その瞬間、通廊の出口の横につきでた棘のようなものにひっかかった。やや前方に、ジャニーンとモリブントが用心深く手探りしているようすが見える。かれらは夢遊病者のような動きで前進していた。

それを見てヘンリーは次なる現象に気づいた。〝ハリネズミ〟の内部に照明があるのだ。とくに明るいわけではないが、周囲を見るには充分だった。地球の満天の星空ほどの明るさで、まんべんなく微光がひろがっている。どこから発せられているのかは確定できない。

ヘンリーは、なにげなく宇宙服の機器に目をやった。驚いたことに、ハリネズミの内部には空気もある。エアロックのメカニズムにはまったく気づかなかった。自分のいる通廊の全長を見わたすことはできないが、すくなくとも船の奥へ二十メートルほどは伸びているようだ。通廊の末端にエアロック室を隔離するハッチがあるのかもしれない。自分がそのようなことに注意をはらえない状況にあったあいだに、内部の空気圧が再調整されたとも考えられる。しかし、よく考えてみると、宇宙船全体が直径百メートルしかないのに、エアロックが二十メートルもあるのは注目すべき点だ。とくに、このエアロックが幅五メートルたらず、高さ三メートルであることを考えるとなおさらである。

どちらにせよ、ハリネズミの内部の大気は、酸素呼吸する生物にとっては薄すぎて、そのうえ二酸化炭素を多くふくみすぎていた。この冒険をぶじに切りぬけようとすれば、予備の酸素が切れる前にこの船を去らなければならない。

かれらは三人とも、セランがついていない軽宇宙服を着用しているだけである。ヘンリーはこの事実を自覚すると、心のなかでひそかに悪態をついた。まずはメールダウ・サルコに怒りをぶつけ、スペース＝ジェットの小部隊に適切な命令をあたえられたはずの全員に罪を着せた。しかし、冷静に考えてみると、それが不当であることも認識した。《ロイヤル・フラッシュ》は未知船の周囲をめぐるだけで、上陸しろとはいわれていない。自分とその仲間たちが真空中で長時間、まして異大気中に滞在するはめになるとは、だれも考えていなかったのだ。

ヘンリーは、仲間をできるかぎり急いで追う。進めば進むほど、かれにはこの未知船の構造がとほうもないもののように思えてきた。

ハリネズミの内部には、ただの一本もまっすぐに伸びる通廊はないようである。どれも曲がりくねっていて、ある通廊はカタツムリの殻のように軸を中心に渦を巻いている。ヘンリーは、べつの空間に出られるハッチがあらわれるのを期待して探したが、むだであった。そのとき、偶然にも目の前でひとつの開口部が閉まるのが見えた。そのようすを見て、筋肉の動きを思いおこさずにはいられなかった。

ハリネズミは、もしかしたら宇宙船ではなく、生物なのか？

ヘンリー・ホルトにはこの疑問を熟考している時間はなかった。仲間を見失わないでいるのに精いっぱいだったのだ。

通廊は高く幅広になり、ほかの通廊との接続も多くなった。ジャニーンとモリブントはますます先を急いでいる。すべてが未知船の心臓部へと近づいていることを暗示していた。目的地がついに目の前にあらわれると、ヘンリーはこの瞬間がくることを予期していたにもかかわらず、驚いて立ちすくんだ。

ちいさな球形の空洞が見える。その直径十メートル。空洞の中央に、糸と玉からなる形成物が細い紐につながれて浮遊していた。

ヘンリーの家系の大部分はテラのポリネシア出身である。かれは幼いころから民俗的な伝統を好んできた。祖先は勇敢な船乗りで、すでに四千年前には縦横に航海していたもの。かれらは海図を持っており、読み書きができなかったにもかかわらず、それをもとに航路の方角を知りえたのだ。海図は繊維や棒を編んだものからできており、その上に石や貝殻がちりばめられていた。石と貝殻は島、礁《しょう》、浅瀬をあらわす。

ヘンリーは、目の前を漂うこの物体が、まさに海図以外のなにものでもないと確信した。この地図はしかし、海面ではなく宇宙空間をしめしているらしく、糸で編んだものは三次元であった。

よく見ると、地図の中央にグリーンに輝く大きな玉があり、そこからいくつもの糸が形成物の縁に向かって放射状に伸びているのが確認できた。そのうちの一本の糸は燐光《りんこう》を発するように輝いている。視線をこの糸にそわせていくと、そこにはさらなる輝く玉と、同様にきらめく糸があり、この糸はそれまでの方角からななめにはずれて遠ざかっている。ヘンリーの視線はいくつもの段階をへて、とうとう綿球のように見える物体にたどりついた。それはあらゆる色彩に輝き、糸のからまりのなかに吊りさがっている。そこから先へは、一本の糸も伸びていなかった。

ヘンリーはあまりにもこの地図に集中し、ジャニーンとモリブントに注意をはらうのをすっかり忘れていた。突然、繊細な糸で編まれた構造物の近くで腕を振りまわす姿があらわれたとき、急に仲間のことを思いだし、驚いて跳びあがる。一瞬、糸に接触したと思ったとたん、目の前にあるヘルメットの奥にジャニーンのぎょっとした顔が見えて、ふたりのからだがぶつかった。その拍子にジャニーンはべつの方向へと飛ばされていく。とっさにヘンリーははなれわざをやってのけた。すばやく回転し、ジャニーンの左足をつかんだのだ。ふたりはゆっくりと空洞の壁へと漂い……そこで異人を見た。

正確にいえば、ヘンリーはもうすでにそれを見ていた。ただ、目の前のものがなにか、見わけがついていなかっただけだ。一見したところ、空洞の壁は金属と結晶体に完全におおわれている。その下には疑いなく機械や器具があるのだろうと想像されるところだが、技術的なものではないという、気がめいるような印象があった。その雑多なもののなかに、ヘンリーがひと目見て〝結節《ふく》点〟と名づけた個所がいくつかあった。白っぽいものでできた球状の膨らみである。膨らみのそれぞれから、同じように白い線が十本、その他の機器がひしめくなかに通じている。

この膨らみがいきなり目の前にあらわれてはじめて、ヘンリーはここが技術的な施設ではないと認識した。

かれはそれをひと目見たときにあまりにびっくりして、ジャニーンをもうすこしではなしそうになった。彼女ははげしく足をばたつかせ、つかまれることを拒んだのだ。ヘンリーには、ジャニーンがそのさいにまったく声を出さないのが、ただ不思議に思えたが、ようやくヘルメット・テレカムのスイッチをいれていないと思いいたった。これにより、自分がいままで通常の行動をとっていると思いこんだことの半分しかできていないと気づいた。

かれは自分の怠慢を正し、ジャニーンの怒った声をすぐに聞きとった。

「はなして！　わたしはあれを見たくない」

ヘンリーはジャニーンを自由にしたが、たいした効果はなかった。無重力のため、彼女は変わらぬ速度で前と同じコースをたどるだけだったのだ。

「彼女をしっかりつかまえるんだ！」モリブントの声が命じる。「逆らったってむだだ。きみたちはあれをよく見て、手で触れないといけない」

ヘンリー・ホルトの全身が、この提案を拒否していた。だが、かれはジャニーンをとらえると同時に、空洞の内部につきだしていた結晶体に手を置く。心底驚愕して、かれは自分のすぐ下にある物体を見つめた。

その膨らみは未知生物のミイラにほかならなかった。それだけならまだヘンリーを驚かせるにはいたらなかっただろう。そう、たしかにこの生物はクモとタコが交配したような姿で、人類の目から見ればとても美的とはいえない。だが、自制心を失った理由はそれではなかった。気圧の低下が未知生物のからだにひどい損傷をあたえたのを見て、本気でうろたえたわけでもない。それよりもずっと衝撃をうけたのは、変形したからだの下に、人間に似た顔があったからだ。死んだ目は飛びだし、口は苦しみに開かれている。その顔はヘンリーの想像もつかないほどのすさまじい苦痛をいまだに訴えていた。

直接の視覚ではなく、べつの感覚を使って感受できるなにかがなければ、ヘンリーの感じた嫌悪の念と恐怖の度合を語るには不充分だろう。このミイラ化した生物のなかには警告が込められていた……人間として想像できるかぎりの恐ろしい危険、その存在を知るだけで狂気に導かれるような危険に対する警告が。

「それにさわってくれ！」モリブントが懇願するようにくりかえす。

「いやだ！」ヘンリーが叫ぶ。

「さわれ！　きみにほかの選択肢はないのだ。われわれのうちだれかがやらなくては、かれらの苦しみがむだになる。ちくしょう、まだわからないのか？」

「わたしはこいつに触れたくない。さわるものか！」

「わかった。それではしかたない。わたしだけが真実を知っているというわけだ。だれも信じないだろうが、《バジス》は飛行を続行したら、破壊されるぞ」

「しかし、それがわかっているなら……」

「告げたところで、だれも信用しないだろう」モリブントはしずかにくりかえした。

「だが、これは意味のないおしゃべりとは違うんだぞ」

ヘンリーはあたりを見まわして、モリブントが空洞の反対側にあるミイラ化した未知生物のすぐ隣りにいるのを見つけた。

「真実って、なんのことをいっているのだ？」ヘンリーはそう問いながら、みずから答えを出さない臆病な自分を卑怯に感じた。

「きみにはわからない」モリブントは淡々という。「だれにもわかるものか」

ヘンリー・ホルトはまだ片手でジャニーンをつかみ、もう一方の手では必死に結晶体にしがみついていた。ジャニーンは、いまは麻酔にかかったようにおとなしくなっている。かれの現在地からは、前よりもはっきりと地図のまんなかに輝く玉を識別することができた。この玉は疑いなく未知生物の故郷惑星を象徴するもので、光る糸はハリネズミ船のコースをしめすのだろう。かれは、目で光る糸のあとをたどり、そのコース上にある玉の数をかぞえた。

未知生物は、その旅が唐突に終わるまで、三十以上の惑星を訪れていた。この生物のからだのつくりからだけでも、宇宙航行に必要な技術的手段の開発は困難であっただろう。そのことを考慮すれば、これは注目すべき大変な業績である。さらに、この宇宙のなかで自分たちの位置をいかに原始的な方法で知ろうとしていたかを考えれば、この生物は冒険心の天分をそなえた被造物であり、すくなからぬリスクを負う覚悟があったという結論に達せざるをえない。

ヘンリーの目は、旅の果ての姿をあらわす綿球状の物体に吸いよせられていた。それはちいさくなんの害もないように見える。それでも未知生物はこの物体によって頓挫したのだ。それはなぜか？　これらすべてはなにを意味しているのか？

ヘンリーは、モリブントが突然あわてた行動に出たのを見て、はっと物思いからさめた。モリブントは空洞の対面の壁から結晶体を剥がしはじめたのだ。かれがその行動によってなにを目的としているのかと自問したが、この種の疑問にヘンリーは答えを得ることはなかった。

「ここから脱出しなくては！」ジャニーンが突然いう。「どうしたのよ？　どうしてためらっているの？」

「もうなにがなんだかまったくわからない！」ヘンリー・ホルトは混乱して吐露する。

「モルはあそこでなにをやっている？　なぜわたしの質問になにも応じないんだ？」

答えのかわりに、ジャニーンは針にかかったウナギのように身をくねらせ、ヘンリーの手から逃れて結晶体へと向かった。空洞内を浮遊し、地図の基本的骨組みを形成している繊細な糸をひきさく。

「だめだ！」ヘンリーが叫ぶ。「それを壊してはいけない！」

しかし、ジャニーンは聞く耳を持たず、モリブントをひと突きする。かれははずみでわきへと飛ばされ、その拍子に壁から剥がした結晶体を手ばなした。ジャニーンは石のひとつにつかまり、それを思いきりついて、弾丸のように通廊を飛んでいった。

ヘンリー・ホルトはジャニーンのあとを追うことしか頭になく、あたりかまわず手を振りまわしているうちに、ミイラ化した未知生物に接触した。かれの内部で、なにか未知なるものが稲妻のように駆けぬける。重いハンマーで力いっぱい打たれた水晶のように、理性がこっぱみじんに壊れた。はりめぐらされた地図の糸がすぐ間近に見える。ヘンリーはその糸のまんなかに倒れこみ、意識を失った。

3

ジャニーン・ヘアが最初に考えたのは、ハリネズミ船から脱出することだけであった。どのようにしてここへきたかについては、ほとんどおぼえていない。ぼんやりと思いだすのは、この物体に恐怖を感じていたことだ。しかし、そのときは、ヘンリー・ホルトとモリブントにわからせるほど明確に表現できる状況になかった。未知船から発せられるなにかが、彼女の意志を麻痺させていたのだ。

もしかすると、この未知のなにかがいまだにジャニーンの精神に影響をあたえ、誘導しているのかもしれない。驚くほどすぐに出口を見つけたからだ。そこにたどりついてスペース＝ジェットを見てからはじめて、自分のしたことを認識した。つまり、仲間を見捨ててきたことを。彼女は立ちどまると、あたりをためらいがちに見まわした。

ひきかえして、もう一度、船のなかにはいってみるべきか？

もどることを考えただけで、身の毛がよだった。しかし、ヘンリーとモリブントを見殺しにすることもできない。

ジャニーンは意を決してひきかえした。不思議なエアロックは、自分から素直に開いた。しかし、内部はいまやべつの様相を呈していた。ぱちぱちという破裂音が外側マイクロフォンからはいってきて、壁を通じて青い火花が見える。明かりはさらに弱くなり、鈍い赤の色彩を帯びている。

ジャニーンは思わずあとずさりした。

「ヘンリー?」彼女は躊躇しながら呼んでみる。「モル? わたしの声が聞こえる? 答えて!」

しかし、スピーカーからは、恐ろしげな破裂音が聞こえるのみ。

彼女は手探りで前進したが、数メートル行くとすぐに、今回の道探しは難航するだろうということがわかった。船全体が混乱におちいっているようだったからだ。ジャニーンがぜったいに通廊ではないと推測した個所のハッチが、開いたり閉じたりする。そのようすはさながら筋肉のようで、そのように動くのであった。突然、あらゆるところが通廊で、どこも同じように見えた。くわえて、鈍い赤い光が、輪郭をはっきりと見わけるのを困難にしている。おまけに、ますます火花が散って、あちこちで光る糸が壁を這いまわり、それらが太い筋になり、明るさも強度を増している。

ジャニーンはまもなくなにかが起こるだろうと確信した。この奇怪な船が完全に息を吹きかえすか……もしそうなれば、招かれざる客をどう処置するつもりか、だれにもわからない……それとも、この構造物全体が粉々になるかだ。

だが、彼女は隣りで燃える壁の一部からガスの靄《もや》がたちのぼり、視界が悪くなろうとも、あきらめなかった。絶え間なくつづいていた破裂音は、いつしか大きな爆発音となり、ヘルメット・スピーカーを切らざるをえなくなる。

彼女は、この混沌が自分の周囲におよぶまで、くりかえしヘンリーとモリブントの名を呼びつづけた。壁から電光がはしり、船の中央への通廊は通行できなくなった。赤く燃える筋は一メートルほどになって天井まで達し、その周囲ではたちこめる煙のなかで壁が溶解していく。どこからかくる砕けるような弾けるような音は、スピーカーなしでもはっきりと聞きとれる。

あきらめなさい、と、内なる声がいう。もうこれ以上は無理よ！

「ヘンリー！　モル！」ジャニーンは絶望にまかせて叫んだ。

煙の靄が壁のようになって向かってきた。手を伸ばして壁をつきはなそうとしたが、壁はもうなかった。そのかわり、青白い電光があちこちをはしるのが見える。大波のようにうねって揺らめきながら燃える糸のからまりのなかで、彼女は動けなくなってしまった。この地獄のまっただなかから、なにかが彼女に向かって這い出てきた。まるい頭と、同じようにまるい大きな背中をしたものが。醜く不格好で、遠くの惑星に住む両生類のようだ。すくなくとも成人した人間ほどの大きさである。

ジャニーンは叫び声をあげた。偶然にも彼女は赤く燃える筋の近くにいて、このような個所に触れるのをこれまで避けていたが、そこにいる未知のものに対する恐怖は、ほかのいかなる恐怖も超えると思わせるほどであった。彼女は足でその燃えるものを踏みつけた。刺すような痛みがからだのなかを駆けぬけたが、それだけですんだ。反動でジャニーンは煙の靄のなかに押しやられ、さらに糸や筋にぶつかりながら、ジグザグに走って、またきた地点にもどった。

それでも彼女はこのなにかを振りはらうことが残念ながら、できなかった。それどころか、いまいましい怪物は、さらに足を速めて近づいてくる。筋にそって這ってくるのでなく、ジャニーンと同じようにあちこちにぶつかりながら、彼女のように柔軟でないにしても、ずっと力強く匍匐《ほふく》前進してくる。ジャニーンは恐怖のあまり、気が狂いそうだった。

せめて、あの怪物をはっきりと見ることができれば。煙の靄のなかでは、不格好な影しか見わけられない。

しかし、突然、ジャニーンからすべての恐怖を奪う出来ごとが起こった。燃えていた筋が消え、目の前に、光点がちりばめられた暗黒があらわれたのだ。たちのぼる煙の靄によって、彼女は自由空間のまんなかへと連れだされた。

ここでは背中のまるい奇妙な怪物は存在しえない。それについて、ジャニーンは確信を持っていた。ハリネズミ船内にいた生物がなんであっても、そこにある大気が必要なはずだったからだ。外界であるここ、星々が光る真空の無限のなかでは、あらゆる生の基盤が奪われている。

彼女は非常に安堵し、地獄から逃れたこと以外はなにも考えず、数分間、身をまかせて漂った。それからはじめて、ふたたびヘンリーとモリブントのことを考えた。ハリネズミ船がどうなったか確認するために、少々骨を折って、からだの向きを変えた。

船に関してはそれ以上、心配する必要はなかった。構造物全体が、ちらちらまたたくもつれた塊りと化していて、もう多くはのこっていない。それさえも、ときおり光をはなちながら、どんどんその実態を失っていった。しかし、この背景の前に、見逃すことのできない不格好な怪物が浮遊している。そのからだは真空の犠牲になってはいなかった。まったくその反対で、怪物はまだ生きていて、この虚無空間のなかでどのように行動すべきか知っている。ときおり明滅する青い放射が、それを充分に証明していた。

おまけに、食欲もまだ失っていないようである。というのも、間違いなくジャニーンに向かって進んでくるのだ。あまりに早く接近してくるため、テラナー女性はパニックになって、推進ユニットを作動させた。相手の目をくらまそうと、本能的にジグザグに動いた。しかし、いまいましい怪物はすべてお見通しのようだ。直線コースをとってより速く進み、ジャニーンが把握するよりも先に追いつく勢いである。

次に彼女が振りかえったとき、怪物はすぐ背後まで迫っていた。それが腕を伸ばし、醜怪な手を振りまわしてさらに追ってきたとき、ジャニーンは直視しないでいいように目をつぶった。

それが彼女に追いついて左足をつかんだとき、ジャニーンはショックで死んでしまうと確信した。しかし、死はそうかんたんにやってこない。怪物は不器用に足をジャニーンのまわりにぶつけながら、彼女のからだを下から上へと探ってくる。なにかがヘルメットにあたり、彼女は自分の人生に終わりを告げた。次の瞬間にも歯でヘルメットを噛み砕かれ、殺されるだろう。助けを呼ぶことさえできなかった。第一にだれも聞いてはいないし、第二にからだが麻痺したように動かないから。

そこへ、よく知った声がする。ヘルメット同士をくっつけた状態で聞こえてくるので、鈍くひずんで響いた。かなり怒った口調でこういう。

「いったいぜんたい、どうしてヘルメット・テレカムのスイッチをいれないんだ？」

ジャニーンが目を開くまで数秒を要した。まぶたをこじあけるには、そうとうな苦労が必要だった。しかし、そこに見たものは、モリブントの幅ひろい褐色の顔だった。

「あなたがあの怪物を……」彼女はやっとのことで口に出す。

モリブントは、彼女の唇が動くのを見たが、声がちいさすぎてヘルメット・テレカムの補助なしには理解できなかった。彼女はようやく了解し、スピーカーをふたたびオンにした。本来はあまりに慣れたこの行動を、彼女は二度も確認しなければならなかった。いかにまぬけなふるまいをしていたかということに気づき、同時に極度の疲労も自覚した。というのも、ヘルメット・テレカムを作動させたその瞬間、怪物などいなかったのだと理解したのだった。

長すぎる一秒のあいだ、彼女が見たのは、モリブントがあらかじめ装備されたマグネット・ストラップを使って、自分の宇宙服の背部にヘンリーを固定している姿だった。怪物の頭の上の不格好な瘤《こぶ》は、じつはヘンリーのヘルメットだったというわけだ。

＊

ジャニーンはどれほど意識を失っていたのか、自分ではわからなかった。友ふたりと壮大で孤独な宇宙空間をどのくらいさまよっていたのかもわからない。だが、それらの疑問を解明しようという気もまったくなかった。あまりに心地よすぎて、そんなことに関わりたくないのだ。ときおり、彼女はこの心地よさがただの思いこみなのではないかと自問した。

どうであれ、彼女は《バジス》船内病院で特別な患者のために準備をととのえて待機している快適な反重力ベッドに横になっているのだと信じた。ふつうのつくりつけベッドであればその不充分さを指摘しなければならないが、こうしたベッドでは、自分の意のままに寝返りを打ったり、向きを変えたりできる。

ふたたび意識をとりもどしたとき、ジャニーンは脚を腹にひきつけて曲げ、膝の上で両手を組みあわせた状態で、ベッドのなかで逆さまに吊りさがっていた。ベッドが疑似的につくりだしている重力は、彼女を浮かせておくには充分で、同時に体位によってわずかな情報でも伝えられる。いまは胎児の体位だとかんたんに診断できるので、観察者がその診断からあれこれ推論する可能性もあったが、ジャニーンにとってはどうでもよかった。自分は快適であり、この状態のままでいたいと思い、それはいまのところうまくいっている。じゃまするものといえば、いまみている夢だけだ。

これは夢にちがいない。しょせん、自分は《バジス》に従属する一介の乗員である。どう錯覚しても、ウェイロン・ジャヴィア船長本人がじきじきにやってくるなど、ありえないではないか？

それにしても、この夢はあまりにもリアルに感じられる。

船長がベッドの横に立ち、こちらを見おろしている。ジャニーンにはジャヴィアと、かれがいつも着ているすりきれた作業服がはっきりと見える。それについて考えるたびに、夢はくりかえされるようだ。

ちょうどいまのように。

彼女がジャヴィアを見ると、その声が聞こえた。

「いったいまたなぜ、きみはこのひよっこをあそこへ送りこもうと考えたんだ？」船長がメールダウ・サルコを非難する目つきで見ている。サルコも同じくベッドの横に立ち、心配そうにこちらをのぞきこんでいる。

「ひよっこではありませんぞ！」かれは反抗していう。「いい成績で基礎養成課程を修了しましたし、この航行では数すくない鋭い感受性の持ち主として認定されています」

「彼女はミュータントなのか？」

「いいえ。この船にミュータントは皆無《かいむ》であることは、あなたもよくご存じでしょう」

「もちろんだ。しかし、実際のところ、彼女はどれほど優秀なのかね？」

「敏感な感覚の持ち主です。それだけです」

「ま、いい。どちらにしろ、現時点のショック状態のあらわれからして、充分に敏感といえるだろう」

ジャヴィアはジャニーンの反重力ベッドの横に立つ第三の男のほうを向いた。

「きみはどう思うね？」

ハース・テン・ヴァルは禿頭《とくとう》をゆっくりまわして、ジャニーン、サルコ、ジャヴィアを交互に眺めた。

「わたしは彼女と一度も関わったことがありません」かれはようやく重い口を開いた。

「ジャニーン・ヘアはわたしにとっては未知の人物。それでもひとついえるのは、彼女がこの出来ごとにとてもはげしく反応したということです」

「なるほどな」ジャヴィアがうなる。「非常に参考になったぞ！」

《バジス》の首席医師であるアラスは表情ひとつ変えない。

「ほかのふたりが知ったことは多くありません」かれは冷静につづける。「ジャニーンの反応が違うことは充分に考えられます。われわれには忍耐が必要でしょう。慎重にことを進めれば、彼女は思いだすかもしれません」

「なにを？」

テン・ヴァルは細い肩を揺らした。

「ハリネズミ船のなかで体験したことをですよ」かれは考えこみながらいうと、ジャヴィアの手に視線を落としてつづけた。「あなたが彼女に触れたら、助けになるのではないでしょうか」

ジャヴィアは反重力ベッドの褐色の肌をした華奢な女をけげんそうに見やり、「ま、よかろう」と、あきらめたようにつぶやく。「彼女に害をおよぼすものでもないだろうし、ためす価値はあるだろう」

かれはからだを前へかがめ、青く光る両手をジャニーンの両肩に置いた。

ジャニーンにとってその手の感覚は奇妙なものだった。最初は不快に感じたが、それはすぐに消え、硬直していた精神の水門が開いたようになった。それまで快適だと感じていた自分の姿勢がいかに不自然でこわばったものであったか、ということがわかる。リラックスしてからだを伸ばすと同時に、理性の重い圧力が消えさった。

あまり安心したせいか、彼女は気を失った。

失神は深い眠りへと移行していき、夢のなかでジャニーンはあの未知船をふたたび見た。消えさる壁のあいだでヘンリーとモリブントを探し、怪物に遭遇し、パニックになりながら逃げだし、怪物が想像の産物であったとわかり、反重力ベッドで目ざめ、ジャヴィアに会う。この循環のなかにとらわれ、彼女は長いことそこにとどまっていた。それでも徐々に船の脅威は薄れ、怪物の正体をすぐ認識できるようになり、ジャヴィアに自分の見たことを伝えようとする。

しかし、夢のなかのジャヴィアは聞く耳を持たなかった。最初にいったことを、かたくなに単調にくりかえすだけだ。ジャニーンは気が狂いそうになり、いいたいことを大声で叫んだ。しかし、ジャヴィアはいっこうに気にとめない。そのことに彼女は激怒し、とうとう半狂乱になってベッドから飛びだし、ジャヴィアに襲いかかった。いいかげんに自分の話を聞けとばかりに、かれの喉もとに飛びかかる。

まさにその瞬間、彼女は目ざめた。気の毒なジョリー・ジャンパーの喉もとを必死で絞めつけていた。ジョリーはすでにすこし青くなっている。突然の襲撃にすっかり驚いて、なにも抵抗できないでいたのだ。

ジャニーンはぎょっとしてあとずさりした。ジョリー・ジャンパーはあえいで喉をさすっている。

「これはまた、ご丁寧な挨拶で！」やっとの思いでかれはいった。

ジャニーンは病室のかたすみまでひきさがった。ジョリーをまともに見ることができず、

「ごめんなさい」と、ささやく。「恐ろしい夢をみていたの」

「ああ、たしかにそんなようすだったよ」ジョリーは壁からつきだしているちいさなテーブルの上にコップ一杯の水を見つけ、痛む喉を潤《うるお》した。ジャニーンは震えながらかれを見つめていた。

「医師を呼ばなくちゃ」と、小声でいう。「けがさせてしまったのなら……」

「とんでもない！」ジョリー・ジャンパーは怒ってはねつける。「きみがそのちいさな手でわたしを傷つけられると、本気で思っているのか？」

ジャニーンは、かれをよく見て、そのいいぶんが正しいと納得した。ジョリーは彼女よりも背が格段に高いわけではないが、体格はずっとがっしりしている。とはいえ、彼女はみじめな気持ちだった。かれにけがを負わせていないとしても、この一件はひどく恥ずかしいことだった。

どうして、よりによってジョリーだったのか。《バジス》の船内で知りあってからと

いうもの、かれはジャニーンに熱をあげていたが、彼女のほうはまったく矛盾した態度をとっていた。じつは彼女もかれに好意をいだき、愛しているといっていいほどなのに、毎回はねつけたのだ。彼女にしてみれば、気をひくためのゲームのつもりだった。ジョリーがそれを間違って解釈し、何度かあやうく手荒なまねをしそうになったのも、よくわかっている。わかっているからこそ、彼女はこのゲームがおもしろくてしかたなかったのだ。ジョリーの本気度をはかるための、このうえなくゆかいな方法であった。相手を挑発するだけして、いつかジョリーが本当に自制心を失ったら、彼女が夢みていたほどの男ではないとわかるわけだから。

しかし、いまこの瞬間、ジャニーンはこのゲームがいかに卑怯なものだったかということを悟った。同時に、彼女のなかに反抗心も芽ばえた。たしかに、あらゆる予想に反して、思わぬかたちで暴力的に反応したのはこちらのほうだったが、自分だけに責任があるのだろうか？　自分は相手をジョリーではなく、ジャヴィアだと思っていたのだ……おそらくこのキャビンに一度も足を踏みいれたことがない、と思った夢のなかの船長である。

「あなた、いったいここでなにをしているのよ？」ジャニーンはたずねた。その声は、先ほどよりもずっとしっかりとしていた。

「お見舞いにきたんだよ」ジョリー・ジャンパーは当惑したように、「仲間たちで話しあい、きみのようすを見るのがわれわれの義務であるということになったんだ。それでくじをひいて……」

「いやだわ、そのくじをよりにもよって、あなたがひいたというわけ?」

ジョリーは首をすくめた。

「いや、直接ではないんだ」かれは白状した。「本当はフローがくるはずだったんだが、こられなくなった。あのおかしな雲に向かって飛行しはじめてからというもの、探知士全員が特別シフトに組みこまれてしまってね」

ジャニーンは、ジョリーをもっと窮地に追いこみたかったが、その思いつきは断念した。もうずっと前から彼女が無意識のうちに待ちつづけていたキイワードが、ジョリーの口から出たからだ。

おかしな雲。きらめき、色を変化させながら動く、あの構造物……

「もうどれくらい近づいているの?」彼女がたずねる。

ジョリーは話題の急な転換についていけず、ジャニーンを唖然として見つめた。ジャニーンはかれにこれ以上の質問をするのは、意味がないと判断した。この方法では時間をむだにするだけだ。

このときはじめて、彼女はキャビンのなかを意識的に眺めまわしてみた。インターカム装置を見つけて、非常に安堵する。だがその前に立つと、一瞬、不安に襲われた。これまで一度も《バジス》の船長にコンタクトをとったことがなかったし、それはむずかしいのではないかと予想していたからだ。

実際、ジャヴィアの顔が出てくるまでにはかなりの時間がかかった。しかし、それは船長が会議中だったからにほかならない。

「元気になったようでよかった」と、船長は親しげにいった。

ジャニーンは儀礼的な決まり文句をかわしている場合ではないと思った。

「わたしたち、あの雲へ行ってはいけません！」彼女は叫んだ。

「どうしてかね？」ジャヴィアは冷静にたずねた。

「危険だからです。とても危険なのです」

「きみはそのことを、あの未知船のなかで知ったのか？」

ジャニーンは赤くなって、

「そうです」と、いいつのる。だが、自分の話を真実だとするささやかな証拠も持たないことは自覚していた。

「どういうふうにしてそれがわかった？」ジャヴィアは即座にたずねる。

「それは、わたし自身にもわかりません」彼女は認める。「最初はわたしも意識していなかったのですが……頭がおかしいと思われるのはわかっています。でも本当なんです！」

「疑っているといってるわけではない」ジャヴィアがなだめるようにいう。「きみはなにを体験したんだ?」

「ハリネズミ船の持ち主である異人はあの雲を訪れました。かれらは大胆にもかなり接近し、それから……なにかが起こったのです。それがなにかはわたしにもわかりません。でも、それが宙航士たちを殺したのです。かれらは死ぬ前に、船を新しいコースに乗せ、インパルスを発するプログラミングに成功しました。そうやって、ハリネズミ船に遭遇する宙航士たちに、雲のことを警告しようとしたのです。このインパルスのせいで、わたしたちの多くが夢をみるようにもなったのだと思います」

「いまではそれは百パーセント確定的だ」ジャヴィアはうなずく。「ハリネズミ船が消滅したのち、あの夢はだれもみなくなったから。そのほかに、きみの知ったことは?」

「いいえ、ありません」ジャニーンは苦しそうにいう。「雲に近づこうとするのはとても危険だということだけです」

ジャヴィアはジャニーンを眺めて考えこんだ。彼女の目には恐怖がありありと見てとれる。彼女がこちらの興味をひくために嘘をついたり、つくり話をしているわけでないのはたしかだ。しかし、それにしても全体的になにかすっきりしない。

ほかのふたり、ヘンリーとモリブントのうけたショックははるかにちいさく、《バジス》に収容されてまもない二日前には、すでに詳細な報告ができる状態になった。かれらもまた未知船のなかでメッセージをうけたと主張したが、それはまったく逆の内容だった。すくなくとも、ジャニーンがいいはるようなはっきりした警告ではない。

ヘンリーとモリブントによると、雲には重要な秘密がふくまれていて、それを未知の宙航士たちが暴《あば》いたのだが、かれらは詳細なデータをのこさなかったらしい。雲を見張っているものに警戒せよというだけで。

このふたりもまた、メッセージについてはすぐに思いだせなかった。というよりも、当初はなんらかの情報をうけとったことさえ自覚していなかった。異船滞在中に三人の脳内にはいったものは、ある一定期間が過ぎてはじめて呼び出し可能となるようである。

ジャヴィアはそれについて、とりあえず頭を悩ませることはしなかった……説明はなんとでもつくからだ。ジャヴィアは、ジャニーンが船内病院に搬送されてきたすぐあとに訪ねたとき、ほかのふたりからの話はまだ聞いていなかった。その時点まで、ヘンリーとモリブントによるハリネズミ船についての描写は、冒険的ではあるが、ほとんど意味のない内容だけだった。船の消滅へとつながった出来ごとについては、いまだに思いだしていない。それが、かれらがまだ医師の保護下にある理由でもある。

ふたりがこの情報を頭のなかに見いだし、ただちに伝えると、ジャヴィアはこの謎めいた雲にもっととりくんでいこうと、これまで以上に決意をかためたのであった。この件についてジャニーン・ヘアがまったく違う描写をするなど、みじんも予測していなかった。

そもそもこの状況において不都合なのは、三人の話をなにひとつ検証できないという事実だった。ジャヴィアは、ハリネズミ船が完全に消滅したことが船長の頭にひっかかっていた。メールダウ・サルコが異船に送りこむメンバーの人選をするときに、自分がもっと関わっておくべきだったという自責の念に駆られた。しかし、一方では、そのようなルーチン作業がこれほど劇的な転換をひきおこすとはだれも予想できなかったし、スペース＝ジェットが《バジス》の制御下からはずれることも予見できなかった。最後に伝えられたデータによると、説明のつく単純なトラブルが原因ということになっているが、スペース＝ジェットはハリネズミ船とともに破壊された。あとになっては、それが本当に技術的な機能停止によるものなのか、異船から発していたなにかが原因なのか、はっきりさせることはできない。

それにしても、《バジス》には、こともあろうに、選ばれたこの三人の若者より、もっと経験豊富な宙航士がいたのだ。これらのベテランであれば、もっと有用で詳細な情報を持ちかえることも充分に可能だったはず。

だが、これ以上考えるのはむだだろう。そんなことをしても、なにももとにもどすことはできない。それに、まだジャニーンと通信中なのだ。彼女が不安と期待のいりまじった目でこちらを見ていることを、ジャヴィアは自覚していた。

一瞬、かれは、この件に関して他言しないように彼女に要請しようと考えた。《バジス》はそれでなくとも充分に緊張状態にある。そこへこれ以上、暗澹《あんたん》とした噂を流すような輩《やから》が出てくるのはごめんこうむりたい。しかし、そのような禁止はさらなる混乱を招くことにもなりかねない。ジャニーン・ヘアについて照会したところ、ひきこもった生活をしているとはいいがたいことも承知している。遅かれ早かれ、彼女はやはり口を滑らせてしまうだろう。

そんなことを考えていた矢先に、それが実際どれほどすぐに起こるかということを、ジャヴィアは身をもって体験した。ジャニーン・ヘアの横に突然もうひとつの顔があらわれたのだ。薄い色の目をした、細く黒い髪を短く刈りこんだ若い男の顔だった。

「これからどうなるんです?」若い男はかなり攻撃的な口調で訊いてきた。「われわれ、ひきかえさないのですか?」

ジャヴィアは親しげにほほえみかけ、

「ようすを見よう」と、おちついて答えた。接続を切ったとき、その顔からほほえみは消えていた。

もちろんジャニーンは隔離状態ではない。三人ともなにかの病原菌やほかの危険物をハリネズミ船から持ちかえっていないことはとっくに確認されたので、隔離する理由がなかったから。しかし、ジャニーンはいまでも不安定な状態だ。ジャヴィアとしては、まず第一に彼女がこの件を克服し、第二に詳細な報告を提出しないかぎり、彼女のもとへだれも通さないという処置は、当然順守されるものだと考えていた。

少々憤慨してハース・テン・ヴァルに連絡すると、驚いたことにアラスはジャニーンが覚醒したことをまったく知らなかった。まして、面会許可などだれにもあたえていないという。あの若い男は、こっそりと病室に忍びこんだにちがいない。

「ま、いい」ジャヴィアはつぶやく。「もう起こってしまったこと、巻きもどしはできない。われわれは知らずにプランAといったが、だれかが悪い了見を起こす前にプランBを発表すべきだろう。きみには、もう一度ジャニーン・ヘアをじっくりと調べてほしい。重大な反証がなければ、彼女を退院させてくれ。あとのふたりもな!」

「ジャニーンがあなたになにを話したか知りませんが」ハース・テン・ヴァルは考えながらいう。「どちらにしても、噂はあっという間に《バジス》内にひろまるでしょう」

「確実にそうなる。われわれがいま、彼女を隔離しようとしてもだ。もう水は漏れている。新しい噂が世間に流れないように、ふさぐことはできない。つまり、あの若い男をおさえなければ。わたしが大幅に間違っていなければ、あの男はジャニーン、ヘンリー、モリブントが属するグループのメンバーだろう。だとしたら、われわれにこれからなにが降りかかってくるか、わかるかね？」

アラスは考えぶかげにうなずく。

「雲のことですね？」かれは小声でたずねるが、船長の答えを待たずにいう。「正直、そのことを考えるといやな予感がしますよ。本当にわれわれはあそこへ行かなければならないのですか？」

「いいか、ハース」ジャヴィアはきびしい口調でいう。「白状すると、わたしだって雲のことを考えただけで胃が痛くなる。あの雲が、ポルレイターや深淵の騎士と関係ないということを暗示でもしてくれたら、わたしはうれしいし、幸せだよ。しかし、雲がなにも語らないかぎり、わたしはあれを、この調査で最初につかんだ具体的な手がかりとしてとらえるしかない。われわれには、ペリー・ローダンから直接うけた任務があるのだ。これをはたすのみ！」

ハース・テン・ヴァルは沈黙し、ジャヴィアはむっとしたまま接続を切った。

4

話しあいは、はじまったときと同じく、不充分のまま終わった。ウェイロン・ジャヴィアは、向かいあった幹部乗員からなるグループを見まわした。かれら全員の希望は例外なくただひとつ、できるかぎり早く故郷銀河に帰りたいということのようである。このグループが《バジス》で生活している人々のほぼ九十パーセントを代弁していることを、ジャヴィアは承知している。各人が感情をおさえて現実的に議論しようと努力しているだけに、その事実がいっそうかれの気を重くした。

いわゆる苛酷な決断をくだすことは性にあわないのだが、いっそほんものの叛徒と向きあったほうが楽だったかもしれない。それでも、そういう存在のとりあつかいにも一定のルールがある。かれらは隔離され、さらなる騒ぎを起こせないようにとりはからわれるものだ。くわえて、ジャヴィアがこのとき考えた相手というのは、たいてい少人数グループのなかだけで行動し、かならずしも信用のおける存在だとは最初から見られていない。しかし、船長がさっきから話しあっている人々については、まったくその反対である。

幹部乗員のひとりが論点を整理し、かれら全員がジャヴィアのかかえる問題に深い理解をしめした。ジャヴィアも逆にかれらの思いを理解している。そのせいで、かれらはますます困ることになったのだ。

問題それ自体は一見したところ、かんたんなものと考えられる。ローダンは乗員たちに、ノルガン・テュア銀河でポルレイターと深淵の騎士のシュプールを探すようにと命じ、調査の経過を知るために定期的に《バジス》を訪れると約束した。それらはすべて惑星クーラトでとりきめられ、それから五カ月が過ぎた。《バジス》は指示どおりノルガン・テュアを調査している……だが、ペリー・ローダンは姿を見せていない。

《バジス》に宇宙船でしかこられないのであれば、だれも不安になることはないだろう。しかし、ローダンは、ライレの〝目〟を使っていつでも地球からこの巨大船に時間のロスなく到着できるのだ。

ローダンは目がまわるほど多忙なのだといくら理解していても、《バジス》のことをちっともかまっていないとなると、こちらの胸の内はおだやかではいられない。瞬時にいつでも《バジス》に移動できるのだから、すくなくとも一度、数分でも立ちよることは可能なはずだ。毎日の訪問を期待しているわけではないが、五カ月のあいだに一度も消息なしというのでは、文句が出てもしかたがない。大勢の乗員にとっては、ローダンが自分たちをこれほど長く放置するなど想像できないのだ。なんといっても、《バジス》はそのようにかんたんに忘れられてしまうような、ただの船ではないのだから。

ローダンの沈黙を容認したくない人々はみな、それ相応の理由があるのだろうと口々にいう。わずか一分でも《バジス》におもむくことができないほどの事件が、かれの身や、テラあるいは銀河系に起こったのではないか。ともかく、それが好ましい出来ごとであることはほとんどないだろう。乗員たちには感知できない……使用可能なあらゆる艦船を出動させなければならないほどの……危機が訪れているのかもしれない。

そのような事態であれば、ローダンは《バジス》に帰還を要請するためにかならず無間隔移動でここへくるはずだ、と、ジャヴィアは主張したが、聞きいれられなかった。ほかの者たちは、無間隔移動は〝目〟の助けがあってはじめて可能であり、その〝目〟がきっと破壊されたか、盗まれたか、行方がわからなくなったか、またはなんらかの理由で使えなくなってしまったのだ、と、理屈をこねるのである。

ジャヴィアは《バジス》の全乗員を敵にまわしたわけではない。かれを支持する人々もいて、ここまでの話しあいもしずかに進行していた。ジャヴィアとしては、だれかが発作的に無思慮な行動にはしるとは本気で想像できなかった。が、事態がだんだん緊迫していることは明白にわかった。それがとくに自分自身のせいではないことも。

ジャヴィアにはローダンの使命をはたそうという善良な意志があった。しかし、同時に、銀河系のことを考えると不安が頻繁に襲ってくるようになり、ひきかえしてローダンを助けたほうがいいのではないかという考えが自然と浮かぶのだった。ローダンが助けを必要としていることを、なんらかの感情が告げるのだが、一方、したがわなければならない命令も立ちはだかっている。

まさに板ばさみだった。そこから自分を解放するには、ほかの問題に没頭するしかない。

たとえば、いつのまにか、すでにかなり接近してきている雲の問題について。

かれはレス・ツェロンがいくつかの新情報をつかんでいるかもしれないという望みをいだきつつ、ネクシャリストに連絡した。

レス・ツェロンは心ここにあらずという感じであったが、相手が船長だとわかると、興奮して目を輝かせた。

「異常ですよ」と、声を押し出す。「この雲のようなものは、本来、存在しえない。あの物体に近づくにつれ、わたしの手もとにくるデータは、ますます信じられないものになっています」

ジャヴィアは、これから専門用語のオンパレードを聞くことになると予想した。ハイパー物理学者、天文学者、航法士であるジャヴィアは、特別教育をうけており、レス・ツェロンについていけないということはない。しかし、いまは船内の全乗員が理解できる事実が必要なのだ。そこで、右手をあげて〝シマリス〟を黙らせた。

「わたしはいま気のはる議論を終えたところなのだ」かれは説明する。「かんたんな言葉で説明してくれ」

ツェロンは少々気分を害したように肩をあげたが、すぐに気をとりなおした。

「わかりました。第一。われわれの探知機器を信用するならば、雲の〝内部〟で二度、なにかが物質化しています。ご存じのとおり、一度めはそのデータをとらえたものの、わかることはほとんどありませんでした。われわれはそれを、《バジス》と雲のあいだの距離が比較的大きかったせいだと考えました。しかも、いっさいが唐突でしたから。準備ができていなかったし、いくつかの機器は必要な調整がなされていなかった。今回は雲に充分に接近し、機器はいかなるかすかな動きをもとらえています。にもかかわらず、前よりも多くのことがわかったわけではありません。第二。雲を長く観察すればするほど、この物体が星雲のような動きをしないことが明白になってきました」

「それらのことから、きみはなんといいたいのだね？」レス・ツェロンが急に黙りこんでしまったので、ジャヴィアがたずねる。

マルチ科学者はため息をつき、小声でいう。

「複数の宇宙船が雲に近づいているのが観察されました。それがとくに目新しいことでないのはわかっています。しかし、われわれは数分前から、宇宙船の接近と雲のかたちの変形の関連性をしめす決定的な証拠をつかんでいます。雲に突起がくりかえし形成されるのはご存じでしょう。それに、異船についても聞いたはずです。でも……それを解明したいと思うのは無意味でしょう。これを見てください」

レス・ツェロンがスイッチをいれると、ジャヴィアはそれがコンピュータ・グラフィックと連動した早送り映像であることをすぐに理解した。

ノルガン・テュアは古い銀河で、居住生物は多い。いくつかのおもな宇宙航行ルートは雲のすぐ横を通っているようだ。厳密にいうと、雲を貫くルートさえある。しかし、ここに居住する宙航士たちは明らかに、この気味悪い物体を回避していた。早送り映像では、各宇宙船が大きな弧を描いて雲を避けるようすが明確にしめされており、実際のところ、これだけでも充分にスリリングなものである。そのうえ、雲の動きを考慮すると、まさに恐ろしくなる。

さらにコンピュータの描くラインがくわわる。ラインは、船のなかの一隻が回避コースをとらず、雲がもとのかたちをとどめる場合になにが起きるかをしめしている。最悪の場合、複数の船がこの物体の境界域をかすめ、しかも大部分の船はぎりぎりのところを通過することになる。それでも雲は反応した。一隻が接近したとたん、雲が瘤のような突起を形成し、それを船の方角へ伸ばしたのだ。異宙航士たちはその効果を計算していたらしく、この奇怪な光り輝く触手の到達範囲の外側にとどまっている。

「タコかアメーバのようだな」ジャヴィアは呪縛にかかったようにつぶやく。「この物体は、もしや知性体なのだろうか？」

「われわれの概念では、有機体でさえありません」レス・ツェロンは淡々という。「というか、あれをどのように分類していいか、正直わからないのです。探知機器は矛盾するデータを示しています。厳密にいうと、あの雲がなにからできているのかすらも百パーセントの確実性でわかっているわけではありません」

「なんだ、その弁解は？」ウェイロン・ジャヴィアは怒って、「あの物体は知性があるように反応しているではないか。でなければ、知的生物に操られているかのようだ」

「後者の可能性が高そうですね」

「そうだ。それが、内部でなにかが物質化したことの説明にもなるだろう。わたしには、この雲が理想的なかくれ場のように思える。だれかがあのなかにいて……」

かすかなブザー音が船長の言葉をさえぎる。司令室からの呼び出しのようだ。ジャヴィアはレス・ツェロンとの会話を中断しなければならなかった。しかし、雲の内部におそらく存在しているだろうなにかをめぐる思考は、かれをとらえてはなさなかった。

＊

《バジス》はますます雲に接近していた。こうなると、いままで観察されていた状況とは反対に、巨大飛行物体に注意を向ける異船が突然あらわれても不思議ではない。そうした異船のなかの一隻がコースを変え、《バジス》へ向かって直進してくる。そのすぐあとに、異船の乗員が通信連絡してきた。

ジャヴィアが通話をうけた。スクリーンに、とんでもないほど痩《や》せこけた、目の三つある生物がうつる。異人はキャンテランと名乗り、どうやら船長らしい。キャンテランは非常に丁重に《バジス》の目的を問いあわせてきた。ウェイロンも同じく丁重に、ポルレイターと深淵の騎士のシュプールを捜索しているさいに奇妙な雲に気づいたので、いまから調査しようとしている旨を説明した。するとキャンテランは驚いたようすで、カメラの前で骨ばった両手をあげて、抑止するように振りまわした。

「これ以上、先に飛行してはいけません！」かれは叫んだ。「だれもスラケンドゥールンに近づいてはいけない。そんなことをすると、確実に死にますぞ」

「なぜです？」ジャヴィアは緊迫したようにたずねる。

「それを知らないとは、遠くからきたのですね」

「ま、そうです。説明してくれませんか」

キャンテランは当惑したように三つ目をしばたたかせた。

「近づいてはならないという掟なのです」かれはようやく説明しはじめた。「大変古い掟です。破ってはなりません」

「だれがその掟を発令したのです？」

「それはだれも知りません。もうとても昔のことなので」

「あなたがたはずっとそれを守りつづけてきたのですか？」

「もちろんですとも！」

「ならば、あなたがたはその掟がまだ有効なのか、知りえないはず！」

キャンテランはジャヴィアを、まるでめずらしい昆虫を見るような視線で見つめ、

「飛んでいこうというのですね？」と、心配そうに訊いた。

「そうです」と、ジャヴィア。

「では、わたしはあなたがたを助けることができません」キャンテランはそういって、会話を打ち切った。

ジャヴィアがキャンテランとの会話について専門家たちと議論をつくしていたところへ、次の訪問者がコンタクトしてきた。こんどの相手は《バジス》への乗船を希望しており、あまり遠慮のないタイプだ。しばらくして、かれらは船内に足を踏みいれてきた。

それは五人からなる代表団で、大変に背が高く瘦身《そうしん》のヒューマノイドだった。ジャヴィアはひと目見て、このような人々をすでにケスドシャン・ドームで見たことを思いだした。青黒い髪をなびかせ、ネコのようなグリーンの目を持つ貴族的な顔だちで、畏敬の念を起こさせる。五人は王族のように《バジス》のなかを悠然と歩み、途中で出会う

すべてのものを無遠慮に眺めた。ごく気ごころの知れた乗員たち数人と応接室で待ちうけていたジャヴィアにも、かれらは同じような視線を向ける。ジャヴィアは自分と乗員たちを紹介した。相手が同じく自分たちの名を名乗るのを期待したが、むだであった。かれらのなかでももっとも尊大な態度である、頬に細い線のような傷痕を持つ若者が、右手でジャヴィアを指さした。

「きみがこの船の船長か？」と、強者の言語で訊く。ほかの者が自分の声に注意深く耳をかたむけることに慣れているかのように、大変ちいさな声で話すのである。

「そのとおり」ジャヴィアが返答する。

「それでは、この船がこれ以上スラケンドゥールンに近づかないように、とりはからうのだ。きみたちはすでに危険ゾーンに接近している」

　ジャヴィアは、あこがれと本能的な嫌悪がないまぜになった気持ちで異人を見つめた。この種族は、薄いグリーンがまじった赤褐色に輝く、少々錆《さ》びた銅を思わせるような肌の色をしていた。指の爪は深紅である。異人たちの動きはおだやかでゆったりとしていたが、必要に応じて奇術師のごとく俊敏で器用に動く能力があると、ジャヴィアは確信していた。

「その危険ゾーンとはどういう意味です？」かれは用心深く質問する。

　異人は一歩前に出た。はおっている黒いマントが、静電気を帯びたような音をたてる。

「きみたちも、きみたちのマシンも、すべて粉と散るだろう」かれはしずかにいう。「脅しなのですか？」

そのときはじめて異人は混乱したようすだった。

「われわれがきみたちを脅す理由がどこにある？」かれは問う。

「わかりません」ジャヴィアは認める。「しかし、その態度から判断するに、あなたがたはこの雲を見張る監視人であると推測するしかない。われわれが飛行を続行するといったら、どうするつもりですか？」

「なにもしない」異人は無関心にいう。「スラケンドゥールンに監視人は必要ない。自己防衛できるから」

「では、あなたがたの訪問の目的は？」

異人は仲間たちを見まわした。この種族の表情を読みとるのは困難である。しかし、ジャヴィアの感覚では、かれらは驚いているようだった。

「一恒星がノヴァ化すると知っていて、よその宇宙船がそこへ向かって飛行するのを見たら、きみだって乗員に警告しようとするのではないか？」最後に異人はそういった。

ジャヴィアは自分が間違いをおかしたことを理解した。

「それはもちろんですが」かれは急いでいった。「しかし、スラケンドゥールンは恒星ではありません。われわれの観察したところ、ほかにも船がこの宇宙セクターを通過しています。一部は雲のかなり近くを通りすぎましたが、被害はうけていない」

「そうした船はべつの目的を持っている」

「でも、われわれの目的を、どうやってスラケンドゥールンは知るのですか？」

「わからない。だが、スラケンドゥールンは知るのだ。きみたちに勝ち目はない」

「われわれ、粉と散ると？」

「そうだ」

「なぜです？」

「わからない」

「でも、そうなるとわかっている？」

異人はふたたび仲間を見まわした。

「そうだ」と、かれは答えたが、いままでよりは自信がなさそうに響いた。

「あなたはなにか体験しましたか？」ジャヴィアは問いつめる。「あなたは、船がスラケンドゥールンに触れたあと、乗員ともども粉々になるのを見たのですか？　だれかそれを見た者がいますか？」

「はっきりとは答えられない」異人は認める。「われわれは、宇宙船がスラケンドゥールンに接触してそのなかに消えていき、二度と姿をあらわさなかったのを見た。しかし、古代より伝わる伝説では、スラケンドゥールンに飛びこんだ宇宙船がふたたび姿をあらわしたとき、崩壊して塵《ちり》となるといわれている」

「ということは、スラケンドゥールンはもう長く存在しているのですね？」

「大変に長く」異人は肯定した。ジャヴィアはこの相手に名をたずねようかと思案したが、やめておくことにした。異人がなんらかの理由で名乗ることを不適当だと考える可能性も充分にありえるからである。

「正確にいうとどれくらいですか？」

「それはだれも知らない」

「あなたの種族は、いつからポルレイターがコスモクラートの使命をうけて活動していたか知っていますか？」

「われわれのうち数名は、惑星クーラトのドーム管理人である」異人は威厳ある声でいう。「自分たちが知らなければならないことは知っている」

「そのときもすでにスラケンドゥールンは存在していたのですか？」

「わからない」

「でも、ありえることでしょうか？」

異人は答えずに黙ったまま、仲間と目を見かわした。ジャヴィアはここにテレパスがいれば、と思った。この者たちがなにを考えているのか、とても知りたかったのだ。

「きみたちはスラケンドゥールンを調査する気なのか？」異人が聞く。

「そうです」

「われわれの警告を無視するのだな？」

「いや、そんなことはありません！」ジャヴィアはきっぱりいった。「しかし、われわれには使命があり、疑わしい物体について対処するのが義務なので」

「どんな結果になろうとも覚悟はできているのだな？　だれもきみたちを助けないぞ。一度スラケンドゥールンの勢力圏にはいれば、もうあともどりできない。きみたちを救出しようとする者は、同じく破滅の道へ向かうことになる」

「覚悟のうえです」ジャヴィアは真剣にいう。「あなたの警告には感謝します。われわれも細心の注意をはらうつもりです」

異人は躊躇していたが、ジャヴィアに左手をさしだした。長い八本指の先にある爪がルビーのように輝いている。しかし、ジャヴィアがその手を握ろうとすると、異人はあわててふたたびひっこめた。

「幸運を祈る」異人はちいさな声でいう。「そして、きみが責任を持つ人々が、きみを恨むことにならないようにと望む」

そういうと、異人は踵《きびす》を返し、大股で歩みはじめた。仲間たちも忠実な影のようにそのあとにつづく。異人たちは《バジス》のなかを通りぬけて、自分たちの船に帰っていった。かれらの投げかける視線からはもう傲慢さが消え、目には同情がたたえられていた。しばらくして、異人の弾丸形宇宙船は《バジス》をあとにした。スラケンドゥールンの雲は、これまで観察されたなかで最大の突起が、異船にとどきそうなほどの距離にまで接近していた。

5

ウェイロン・ジャヴィアは異人とのやりとりを頭から追いだすことができなかった。スラケンドゥールンが探究しなければならない対象物に属することは確信している。しかし、一方では、異人が本気で警告したことも承知している。この者たちが《バジス》を去ると、ジャヴィアはスラケンドゥールンとのいまの距離をたもつことにつとめた。

同時に、ジャヴィアはこのめずらしい名称について追跡調査した。その語源は疑いなく強者の言語に発しているが、トランスレーターはかんたんには翻訳できなかった。船内の言語学者たちは、この名にふくまれる言語要素をその原型にたどってみると説明した。かれらはそのうち〝スラケンドゥールン〟がなにを意味しているのかつきとめることだろう。

ジャヴィアはその結果を待つあいだに、ハース・テン・ヴァルからの報告書をうけとった。《バジス》の首席医師は、管理下にあったジャニーン・ヘア、ヘンリー・ホルト、モリブントを退院させた。ジョリー・ジャンパーもなにくわぬ顔で出てきて、ジャニーン・ヘアとすぐに喧嘩をはじめた。モリブントはキャンディとも呼ばれるインディカという名の若い女性に明らかに心をよせている。最近の出来ごとがあってはじめてインディカに興味を持ちはじめたようだ……もちろんジャヴィアはそんなことにはまったく関心がないが。ヘンリー・ホルトはロージー・ナンテスという女性にまっしぐらに突進し、やがて全員が緑のボドーのもとに集まった。船長はそのことに面食らった。またもやこの名前にぶつかるのか！　オリヴァーに訊いてみなければ……

けたたましい警報音がかれの思考過程を中断した。驚いてあたりを見わたすと、一スクリーン上で色彩が狂ったように目まぐるしく変化しているのを発見した。

「なにかが防御バリアにぶつかりました！」サンドラ・ブゲアクリスが大声で叫ぶ。

「でも、なんなのでしょう？　このような現象はいままで見たことがありません！」

ジャヴィアはセンサー・キイに触れ、レス・ツェロンの肉づきのいい顔が小型スクリーンにあらわれるまで根気よく待った。

「あれはなんだ？」ジャヴィアがたずねる。

〝シマリス〟にはそれがなにを意味しているのかすぐにわかった。

「雲からきたにちがいありません」と、ツェロン。

「しかし、われわれは雲の到達距離の外にとどまっているぞ！」

「それでも、明らかに充分ではなかったのです。正直なところ、わたしにもよくわかりません。急に起こったので、なにも探知できていません。おまけにいま、われわれの機器類は、まともとは思えないデータを出してきています」

「どの機器だ?」

「単純なものがもっとも早くおかしくなりました。そのうちのひとつから判断すると、われわれはメタンの氷からできた球体のまんなかにつっこんでいます」

「それが事実ではないという確実性はどれほどあるのか?」おちつかないようすでジャヴィアがたずねる。

ツェロンはジャヴィアをいぶかしげな目で見て、

「司令室の機器を見てみたらどうですか」と、いう。

それと同時に、サンドラが船長に向かって叫ぶ。

「デッキの複数個所が真空になりました。でもおかしなことに、そこにいる人々はなにも問題なしと報告しています。なんの警報だったのか知りたがっているほどです」

ジャヴィアは色彩変化の生じているスクリーンを見あげた。その瞬間、スクリーンが明るいブルーに揺らめき、そのなかに黄色とオレンジのクラゲのようなものが漂っているのが見える。すると青緑色の電光が映像を縦断し、グリーンとむらさきの円形の輪郭が溶解していく。円のなかでは黄色い火花がホタルのように飛びまわり、ひとつひとつの〝ホタル〟が輝きながら色とりどりの軌跡を描いていた。その映像は一種独特の魅了する力を持っている。ジャヴィアは無理やりそこから目をはなし、ふたたび自分の司令コンソールに集中するようみずからを強いなければならなかった。

ジャヴィアの背中を氷のように冷たい恐怖がはしり、鳥肌がたった。《バジス》の半分が炎につつまれ、もう半分はぞっとするほどの冷たさが支配する空虚空間と化していたのだ。計器を信じるとしたら、主司令室はまさにこの瞬間、火災によって潰滅しているはず。だが、火などなにも見えないのである。そこでジャヴィアははじめて、これは機器の誤作動のなせるわざであると気づいた。

かれはラス・ツェロンがいまだに返事を待っていて、恐い顔つきでうなずいているのを認めた。

「単純な機器とは、温度計と気圧計測装置だな」と、ジャヴィア。「それらは間違った数値をしめしているが、なんとか対処できるだろう」

「ここから脱出しなければ」と、シマリスは肉づきのいい頬を震わせる。「このスラケンドゥールンがわれわれとなんの関わりがあるというのです? ミッションとは断じて関係ありませんよ。この構造物のせいで時間を浪費しています。銀河系ではきっと人々がわれわれを待ちこがれていますよ」

「ブルータス、おまえもか」ジャヴィアはあきらめたようにつぶやく。

「なんですって?」

「いや、なんでもない。われわれはひきかえさないぞ、わかったか？　とうとうシュプールをつかんだのだ。これを追う！」

「シュプールなどではありません！　これは陽動作戦ですよ。なにかがわれわれをここにひきとめようとしているのです……」

「レス、目をさましてくれ！」ジャヴィアは懇願するようにいう。「くだらないことをいっていると自分で気づかないのか？　いったいどうしたんだ？」

レス・ツェロンはごくりと唾《つば》をのみ、

「どうもしていません」抑揚のない口調でいう。「わたしには……説明できません」

「きみの部下たちを動員してくれ」ジャヴィアはたのんだ。「この現象をしっかりと調査しなければならない。もしかすると、スラケンドゥールンからなんらかのヒュプノ的影響が出ているのかもしれん」

レス・ツェロンはひと言もいわずにスイッチを切る。ジャヴィアはあたりを見まわし、複数の人々が催眠術にかかったように主スクリーンを見つめていることに気づいた。かれは危険を覚悟のうえ、スクリーンを短く見やり、そこに呪縛的な赤色の乱舞を認めた。

船外中継を中断せよ！　ジャヴィアが頭のなかで命じると、手首のセンサーがその命令を伝達した。主スクリーンが暗くなる。いま司令室で勤務している人々の行動は、なにひとつ変わらない。

ハミラー？　ジャヴィアは言葉にせずに呼びかける。

ハミラー・チューブは即座に反応した。モニター上にグリーンに光るHが表示され、応答状態であるというシグナルを出している。

「われわれはなにに関わっているのだ？」ジャヴィアが照会する。

「わかりません」ハミラー・チューブが答える。ポジトロニクスとして公式に通用しているものにしては、注目すべき答えである。

「われわれは影響をうけているのか？」

「疑いの余地なく」

「おまえは影響をうけているのか？」

「いいえ」

「現在の主司令室の気温は？」

「摂氏二十一度ほど。計器の値いは正しくありません」

「なぜ、こんなことになったのだ？」

「スラケンドゥールンの末端が、気づかないうちにわれわれのところまで到達したのだと推測します。この末端に触れると、誤った表示をする機器が出てきます」

「それくらい、われわれでも気づいていた」ジャヴィアは皮肉にコメントする。「おまえはわれわれよりもうすこし賢いと思っていたが！」

「申しわけありませんが、もっと正確なデータが手もとにないかぎり、的確な判断はできかねます。ところで、丁重に要請したいのですが、わたしに対しては敬称で呼びかけてください。そうお願いするのは……」

「もうわかった！」と、ジャヴィアはいって、接続を切った。「あのとんでもない物体がなにをかくしているのか、本当に知りたいものだ」そうひとり言をつぶやいたが、それはいまこの瞬間はどうでもいいということに気づいた。

司令室の乗員たちはすでに半トランス状態から目ざめたようすで、ジャヴィアの周辺では全員がてんてこ舞いをしている。機器は突然また通常値をしめしだしたが、そのかわり、飲料自動供給装置が完全におかしくなったのだ。ジャヴィアがコーヒーを一杯うけとろうとすると、それは冷たいオレンジ・ジュースだった。ためしにオレンジ・ジュースをカップ半分注文したところ、こんどはコーヒーでなく生ぬるいチキンスープが出てきた。ジャヴィアはあきらめて、ふたたび制御装置に没頭した。

計器を信用できる状態であれば、《バジス》内では平静が支配する。すくなくとも、火災は起きていないし、真空警報も鳴っていない。そのかわり、べつの不穏なニュースがある。船内のべつの場所にある飲料・食糧自動供給装置も狂い、清掃ロボットは獰猛《どうもう》になったスズメバチのごとくその辺を疾走してまわっているというのだ。二、三の格納庫内では、不可解なライトの点滅が目撃され、一連の温度調節装置が機能しなくなっている。だが、それでもなんとかなりはする。一方、船内技師ミツェルからの連絡はもっとずっとおだやかならぬものであった。

このアルコン人は《バジス》下部のどこか、つまり船の外殻のすぐ近くで作業していた。それがどこなのかはつきとめられない。該当する計器や機器が動かなくなり、ミツェル自身が正確な報告をできない状態だったからだ。

かれにできたのは、救難信号を出すことだけだった。

「ここになにかが染みだしてきています！」かれは興奮して叫ぶ。「壁を通じて滲出《しんしゅつ》していますが、金粉のように見えます。わたしは撤退します」

ミツェルは接続を切った。かれの捜索がまだはじめられないうちに、同じ内容の報告が船の外殻近くにあるべつのセクターからもとどいた。金色の粉塵《ふんじん》、光る金箔、あるいはその類《たぐ》いのものが明らかに防御バリアを突破し、なんらかの方法で《バジス》の強固な外殻を通ってひそかにまぎれこみ、船の内部に染みだしてきたのだ。装置や計器類、機械やロボット、そして乗員たちと、あらゆるところに付着するために。

「撤退！」ジャヴィアが命令すると、かれの手首に装着されたセンサーがその命をただちにうけた。巨大な《バジス》は、スラケンドゥールンの付近から逃げるように退却した。

防御バリア内の光の現象はやや弱くなり、ところどころではまったく消滅している。

このいわば〝窓〟を通じて、いまやかんたんに、スラケンドゥールンの多数ある突起のひとつが実際に《バジス》にまで到達していることが認められた。突起は船を追ってきた。その動きは、これまで観察されてきたほかのすべての突起よりもずっと速い。ジャヴィアはとっさに、《バジス》から吸引力が出ていて、それが突起をひきよせているのではないか、という印象を持った。この件に関して唯一の可能な説明を考えついた。つまり、船の強力な防御バリアが、この現象の原因かもしれない、ということである。

この疑念をだれかと議論する時間はなかった。《バジス》の背後でたなびく宇宙の雲はどんどん範囲をひろげているからである。

「防御バリアを切れ！」ジャヴィアは命令する。

しかし、かれの推測がそもそも間違っていたのか、それとも決断が遅すぎたのか。雲は《バジス》から遠ざかるどころか、船のまわりで塊りとなり、外殻の上に降ってきたのだ。その後もそこでとまるわけではない。粉塵のごとくどんどん深く侵入し、すでに目撃されたように、壁を通って染みこんできた。

もう逃げてもむだだ。ジャヴィアは《バジス》を相対的に静止させた。スラケンドゥールンにしてみれば、どちらでもたいして変わらないことであるが。

そのあいだに船の数カ所では粉塵との戦いがすでにはじまっていた。この代物は、一度どこかに沈積すると、最新の機器を使っても除去できないことがわかってきたのである。そのかわり、この謎めいた粉塵の粒子はときおり自発的に移動した。この件について最初にジャヴィアに報告したのは、格納庫主任メールダウ・サルコである。

「あらたな問題が持ちあがりました」サルコが告げた。ジャヴィアが問うような目を向けると、顔をこわばらせてつづける。「このいまいましい粉塵は、われわれを標的に定めたようです。数人がこの物質と接触したのですが、粒子が皮膚にこびりつき、落とすことができません。それどころか、磁石のように作用して、接触した当事者はほかの粒子までひきよせてしまうのです」

「かれらを船内病院へ送るように。医師たちが粉塵に対する薬剤を見つけるかもしれない」

「でも、病院へ行きたがらないのです」サルコがこぼす。

ジャヴィアは驚いてサルコを見た。

「粉塵は人々をどことなく変えてしまうようなのです」と、格納庫主任が解説する。「かれらはだれのいうことも聞きません。仕事をやめ、どこかのすみにひきこもってしまいます。もうまったくなにも話しかけられないのです」

「最初からそんなふうだったのか？」

「わかりません。わたしが関わった人々は、すでにすっかり粉塵にまみれていました。船長、これは薄気味悪いですよ。この物質は、とりついた者のからだから全エネルギーを吸いとっているかのように光るのです！」

「それらの人々をどうにかして船内病院へ行かせろ」ジャヴィアは命じる。「どうしようもなければ、力にまかせるのもやむをえない。納得しようがしまいが、かれらは医師の監視下におかなければならない！」

「やってみます」

「よし。まだ感染していない者たちはただちに退去させよ」

「しかし、われわれはこの粉塵を除去しなくては！」

「そして最後に命を犠牲にするのか？　だめだ、メールダウ、それは論外だ。あれをかたづけるには、べつの方法を探そう。もっと安全な方法を」

メールダウ・サルコは接続を切った。ジャヴィアは《バジス》全体に警報を出す。内容は、粉塵との接触を避けること、それでも触れてしまった者はすぐに医師に申し出ること、もし自発的にそうしない者を認めたら、危急のさいはその意志に逆らってでも発見者が船内病院へ連れていく義務を負う、というものである。

一時間後、ジャヴィアは自分の反応が遅すぎたこと、そして誤った期待をいだいたことを認めなくてはならなかった。

人類とその他の乗員合わせて二百五十名が、すでに粉塵と接触していたのだ。かれらは隔離室に閉じこめられてもなお、その物質をひきよせてしまう。粉塵はいかなる壁でもなんなく浸透し、対象者のまわりをゆっくりとかつ容赦なく埋めていく。この不気味なヴェールのような薄膜から逃れようとするあらゆる努力は、効果なく終わった。たったひと粒の粉塵でも付着したら最後、その者は"磁石"になり、皮膚がおおわれてしまうまでさらなる粒子をひきつけるのだ。そこまで進むと、粉塵の繭は発光しはじめる。まるで、ここは"占領ずみ"であることをのこりの粒子すべてに告げるかのように。

粉塵に感染した者は、短期間のうちに周囲の人々との連絡を絶つ。当事者がひとりくよくよと思い悩んでいるあいだに、粉塵は壁から染みてきて、かれらのからだに付着する。粉塵は皮膚の上に斑紋をつくり、それらは強い痛みをもたらす。しかし、ふつうこの段階はすぐに過ぎるので、たいしたことはない。何人かの罹患者の隔離が試みられたが、その場合、斑紋の痛む過程がより長くなった。ハース・テン・ヴァルでさえ、粉塵のなすがままにしておいたほうがかえって親切なのではないかと思ったほどだ。という
のも、皮膚がおおいつくされると、痛みはなくなるのである。ただし、当事者は本来のその人ではなくなってしまう。船内での任務も、自分がどこからきたのかも、自分が危機に瀕していることさえも忘れてしまう。

"粉塵人間"になった者のなかに、ジャニーン・ヘアもいた。しかし、彼女の場合はそれまでの標準とは違う例外的ケースとなった。ほかの罹患者たちが短い時間でこの全体的変貌を遂げるのに対し、ジャニーンの粉塵粒子の動きは緩慢なようだった。ところが

突然、粉塵が、彼女の皮膚をすべておおう前に落ちはじめたのである。すでに付着していた粒子はその光沢を失い、床に舞いおちた。

　ジャニーンはまた、医師たちと面会して情報提供できた唯一の犠牲者でもあった。ジャヴィアは、ハース・テン・ヴァルと彼女の会話記録を視聴した。厳密にいうと、それは複数の会話を編集したものであった。

　ジャニーンがまず主張したのは、同じく粉塵の攻撃対象となったヘンリー・ホルトとモリブントが正しかったといまわかった、ということだった。雲のなかには宇宙の大きな謎のひとつがかくされており、その秘密を知る者にははかりしれない益がもたらされるのだという。そう考えるようになった理由を問われると、彼女は次のように答えた。

「ヘンリーとモルはミイラ化した異人に触れたけれど、わたしは触れませんでした。この接触によって、異人の知識が友たちに伝えられたにちがいありません。それに対して、わたしは不完全な印象しかうけとれなかった。それがきっと、わたしがメッセージを間違って理解してしまった理由だと思います」

　その二、三分後、粉塵の繭がすでに全体にひろがると、彼女はいった。

「《バジス》はスラケンドゥールンの中心へ向かって飛行しなければいけません。そこがわたしたちの目的地です」

「まだ粉塵と接触していないのに、そんなことをする覚悟のできた者はひとりもいないだろう」ハース・テン・ヴァルが指摘する。

「それは関係ありません。乗員たちが望もうと望むまいと、《バジス》はそこへ向かうのです。スラケンドゥールンの一部になったとき、そこに成就が待っているのだとわかるはずです」

「きみは粉塵によって、スラケンドゥールンの一部になったというのかね？」

「まだです。でも、この繭が閉じたらわたしもそうなるでしょう」

しかし、そうはならなかった。このあとすぐに、ジャニーン・ヘアから粉塵が落ちたのだ。その結果、彼女はすっかり精神虚脱状態におちいってしまった。ジャニーンの口からはもうひと言も出てこない。これまでにわかったこと、わかっていないことを考えてみると、彼女の言葉をあまり重要視するわけにはいかないが。

彼女と友ふたりが、なんらかの方法で未知船に感化されたことは疑いない。その影響がジャニーンの場合は、ほかのふたりとは違ったかたちであらわれているのもたしかである。彼女が説明のつかない方法で粉塵に対する免疫をすでに獲得したのかどうか、確認するすべはもはやない。ただひとついえるのは、感染したあとに粉塵から逃れられたのはジャニーンだけだということ。しかし、助かったとはいえ、二度と健康をとりもどすことはないだろうから、その代償は高くついた。地球である程度ふつうの生活を送れるようにはなるかもしれないが、宇宙航行はかなりの確率で困難になるだろう。

それでも、彼女はすくなくともひとつの結果をもたらした。《バジス》の人々は、スラケンドゥールン粒子が意識変化を起こすことを知り、〝粉塵人間〟に対し注意をするようになったのだ。病室のドアの前には見張りが配置され、感染者ひとりひとりが常時観察下におかれた。

ジャヴィアもほかの者たちも、この方策が充分でないと知ったのは、包括的監視処置にもかかわらず、五人の粉塵人間が消えたという報告をうけてからのことであった。かれらの失踪方法や行動目的の謎が解けるまでに、時間は長くかからなかった。

粉塵が《バジス》の壁に染みこんだように、粉塵人間たちもなんなく壁を貫通することができたのである。信じられないが、それが事実であるとカメラが明確に証明した。かれらはあたかもなにもさえぎるものがないように、文字どおり壁を通りぬけていった。メタルプラスティックもエネルギー・バリアもぬけ、支障なく進んでいく。かれらは目的もなくそのような行動を起こしたのではなかった。二、三十人の粉塵人間が待避場所に集まり、スラケンドゥールンへ向けて《バジス》を操縦しようと真剣にくわだてていることが明らかになったのである。もちろんそれは成功しなかった。第一に、かれらのうちだれも必要な資格を持っていなかったから。第二に、ジャヴィアは司令室からそのような活動をいつでも阻止することができたからだ。

それでも、ひとつのことが明確になった。あのえたいのしれない粉塵に襲われた者は、自分をもはや《バジス》の正規乗員であると認識しなくなるのだ。だからといって、かれらを敵とみなすのも正しくない。かれらは自分たちの自由意志によって行動しているわけではないという前提に立つべきである。これらの人々は病気なのだ。なにかにつきうごかされている。かれらを未知の力から解放することが重要なのである。

そのためには、と、ジャヴィアは重苦しい気持ちで考えた。あの謎に満ちたスラケンドゥールンがなにをはらんでいるのかを知らなければならないだろう。

それが声に出さないキイワードであったかのように、〝スラケンドゥールン〟という言葉の意味について調査していた言語学者グループの代表者が報告してきた。

「この名称の意味をつきとめました」かれは解説する。「スラケンドゥールンは〝集合場所〟と翻訳されるのがもっとも妥当でしょう」

ジャヴィアは、聞き耳をたてているサンドラ・ブゲアクリス、ミツェル、デネイデ・ホルウィコワたちを見やった。

「それだけなのか？」ジャヴィアは疑わしそうに問い、同じく落胆しているほかの者たちの顔を見た。このさまざまに色を変える雲や謎めいた出来ごとに対して〝集合場所〟とは、どう考えてもあまりに味気なく単純に聞こえる。

「強者の言語がそんなにかんたんに理解できるものではないことは、ご存じでしょう」クリガノルという名のアルコン人言語学者が弁明する。「われわれはこれからもこの言葉について調査をつづけ、ふるいにかけて、かくされた正しい意味を見つけだしていくつもりです。しかし、完全な翻訳を得ることはほとんど期待できないと思われるので、そのつもりでいてください。〝スラケンドゥールン〟という名前は大変古いものと思われ、明らかに通常の慣用語ではありません。すくなくとも現在に近い時代のものではない。ペリーが宇宙の城の謎を追跡していた時代の記録を見ても、なにも情報はないでしょう。むろんこの古代言語を、七人の強者がまだ比較的、純粋なかたちで使いこなしていたという前提にたって調べますが」

ジャヴィアは言語学の問題についてほとんど理解できなかったし、専門家たちが全力をつくしていることはわかっていた。かれらは信用できる。

「ひきつづき調べるように」ジャヴィアは要請した。「きみたちが唯一のチャンスなのだ。それ以外のやり方ではスラケンドゥールンについてなにも発見できないのだから」

クリガノルは船長に向かってうなずき、接続を切った。

まさにそのとき、ちいさな信号音が鳴り、遠距離通信がとどいたことを知らせた。デネイデ・ホルウィコワが持ち場に急ぐ。ジャヴィアのなかで一瞬、故郷銀河からの知らせではないかと期待がよぎったが、すぐにその考えがいかに非現実的であるか悟った。銀河系はあまりに遠すぎて、通信による情報交換はできないのである。おそらく今回もまた、未知の宇宙船が《バジス》の乗員たちに、スラケンドゥールンの危険性について注意を喚起したいのだろう。

それでもジャヴィアは装置のスイッチをいれ……まさしく身を硬直させた。そこにテングリ・レトスの姿を見たのである。実際には光の守護者はもう存在しないので、それはもちろんほんもののテングリ・レトスではない。しかし、ウェイロン・ジャヴィアにとってその違いは重要ではなかった。ほんもののレトスには一度も会ったことがない……かれが存在したのはいまよりもずっと以前のことだ。だが、〝この〟レトスなら、ジャヴィアは《バジス》がクーラトの軌道上にあったときに、すこしだけ見たことがある。そのため、顔がはっきりうつったのはほんの短い時間だったが、識別できたのだ。その後、いろいろな通信障害のせいで、輪郭がゆがんでしまった。

「《バジス》に呼びかける」レトスの声がかなり鮮明に聞こえてくる。

それから雑音や破裂音がして、精巧なフィルター装置を通しているにもかかわらず、声は不気味で断続的なささやきにしか聞こえなくなった。

「どうか、クーラトへもどってきてくれ」ジャヴィアにはそう聞こえた気がした。「われわれが地球に行くことは、さまざまな理由から絶対不可欠なのだ。ケスドシャン・ドームへわたしを迎えにきてほしい」

ジャヴィアはデネイデを見やった。彼女は大急ぎでいくつものスイッチを切りかえている。光の守護者の顔が一瞬、ふたたびスクリーン上に鮮明にあらわれた。ジャヴィアが合図すると、首席通信士は、鮮明な受信も継続できるよう苦心しながら、送信に切りかえた。

「地球でなにが起こっているのです？」ジャヴィアは問いかけた。

ケスドシャン・ドームからの二番めのメッセージを、はっきりと聞きとったからだ。通信障害にもかかわらず、ほぼぜんぶの言葉を正しく解することができた。

「いま、そんなかんたんにひきかえすことはできません！」ジャヴィアはさしせまった調子でいう。「われわれ、スラケンドゥールンの近くにいて、困難にぶつかっています。どうしたら粉塵人間を治すことができるか、助言をいただけないでしょうか？」

テングリ・レトスがこの質問を聞いて、答えようとしたとしても、それは残念な結果に終わった。今回はフィルターで除去できなかった大きな衝撃音や破裂音が、声に完全にかぶっていたのだ。デネイデは必死に雑音だらけのなかからまだなにか聞こえないかと試みていたが、しばらくするとあきらめて、シートの背にもたれかかった。

「消えました」デネイデがいう。「なにも聞こえません。接続が切れたのです。最後の受信から、なにか手がかりを得られるとは思えません」

これで終わりということか、と、ジャヴィアは意気消沈して考えた。このジレンマからどうやったらぬけられるのだろうか？

6

それはまさしくジレンマだった。しかも船長の身に降りかかる最悪の類いのものだ。

ウェイロン・ジャヴィアは、あの不吉な通信よりも前に、銀河系にもどるのが賢明であろうと、すでにある程度は納得していた。しかし、いま、そこでなにか大変なことが起きているのはたしかである。でなければ、なぜテングリ・レトス＝テラクドシャンはケスドシャン・ドームを去って、テラへおもむこうとしているのか？　《バジス》が必要だという……ここノルガン・テュアではなく、銀河系で。

レトスは当然、正式には《バジス》の指揮権を有しない。ジャヴィアはローダンの指令を盾に、通信を無視することもできる。しかしあいにく、かれはケスドシャン・ドームの守護者が重要な意味を持つことも知っていた。レトス＝テラクドシャンからの要請は、当面の状況下では、ローダンからのじきじきの命令とほぼ同義である。

したがって、ウェイロン・ジャヴィアにとっては、スラケンドゥールンのことにこれ以上関わらずにこの客あしらいの悪い宇宙セクターからすみやかに退散する、ふたつの理由ができたということ。

しかし、それでもこの宙域を去るわけにはいかない。粉塵人間たちを船に乗せていて、かれらの治癒方法がわからないかぎりは。かれらを惑星クーラトの近くへ連れていけば、どんなカタストロフィが起こるか想像がつかない。もしかすると、スラケンドゥールンはセト＝アポフィスが構築した罠なのかもしれない。超越知性体はすでに一度、ケスドシャン・ドームを征服しようとした。おそらくこれも、それに類する次の実験なのではないか。

「そうは思いません」ジャヴィアとこの問題について議論したサンドラ・ブゲアクリスがいう。「そのような罠をしかけるには、スラケンドゥールンは明らかに古すぎます」

「どうしてそれがわかる？」ジャヴィアが問う。「きみは超越知性体の思考回路を知っているのか？　それにわたしは、その罠がわれわれに向けられたものであるとか、ドーム征服の目的でしかけられたなどとはいっていない。まったくべつのなにかが背後にかくれているのじゃないか。それもわれわれの問題と関係しているかもしれない」

「それはありえますが、でも確率は低いでしょう」サンドラはつけくわえた。

ジャヴィアは考えこんでうなずく。サンドラ・ブゲアクリスは、なにかをいいかけたが、ふたたび口をつぐんだ。

ジャヴィアは自分自身で決断をくださなければならない。副長に決断させる気はない。

できないし、させてはならないのだ。

しかし、どれが正しい道なのか？

粉塵に感染した者たちの問題を解決する前に、スラケンドゥールンを去ることはできない。これらの人々とスラケンドゥールンのあいだになんらかのつながりがあるのは、あまりに明確だ。かれらはもはや《バジス》ではなく、スラケンドゥールンにしたがっている。この雲の背後にだれが、あるいはなにがかくれているのか、それがわからないかぎりは、クーラトをめざしてはならないのだ……テラはいうまでもない。

一方、感染者を粉塵から解放するチャンスはほとんどない。医師たちは考えられる手段をすべてためしたが、功を奏さなかった。

ちょっと待て。そこが手がかりではないか？

医師たちは失敗したが、当然かれらは自分たちの方法しかためしていない。なにかほかの手段もあるのでは？　この謎に満ちた粉塵は、なにに反応していただろうか？

ジャヴィアは、レス・ツェロンと連絡をとった。

「粉塵に対してまだやってないことがないか？」船長はたずねる。

「なにか特別なことという意味ですか？」シマリスが訊きかえす。

「いや。ただ、いままでわれわれはこれを医学的問題ととらえてきた。もしかすると、答えはまったくべつのところにあるのかもしれない。粉塵がとくになにに付着するかについて、くわしい資料はないか？」

「知的生物です」ツェロンは即答した。

「たしかなのか？」

「はい。最初、粉塵はあらゆる種類のマシンに付着しました。その後、コンピュータ設備についたものは、ほかの素材より除去しにくいことが判明しました。しかし、それもすぐにおさまりました」

「植物や細胞培養ではどうか？」

「あちこちに付着しましたが、それも終わりましたね。吸収されたり除去されたりした粒子も一部ありましたが、大部分の粉塵はひとりでに落ち、乗員たちのほうへ向かったのです」

突然、息子のオリヴァーが駆けこんできて、ウェイロン・ジャヴィアは心配そうな視線をあげた。

「粉塵人間たちを磁気フィールドにかけてみてくれ」船長は早口で要請した。「ハイパー・インパルスその他もためしてみるのだ。粉塵を除去するものを見つけなくてはならん！」

「ためすことはできますが、成功するとは思えません」シマリスはけげんそうに応じた。

ジャヴィアはいらいらと接続を切り、成型シートの背もたれに泣きながらしがみついている息子へからだを向けた。オリヴァーはハリネズミ船が存在していたあいだじゅう、ジャヴィアを避けていたが、それが自爆してからは、またいつもの行動にもどっていた。オリヴァーの場合、《バジス》のなかをしじゅう歩きまわっていたということである。緑のボドーのことはひと言も口に出さない。

この少年は幼いときから、頻繁にべつのことで忙しくしている父親に敬意をはらってきたし、多くの問題を自分で解決することを学んでいた。しかし、基本的にまったくふつうの子供であり、どうやっても自力で解決できないこともある。いま、そのようなことが起こったにちがいない。でなければ、これほどとりみだすことはないだろう。

ジャヴィアは立ちあがり、手を息子の上に置いた。オリヴァーは目に見えておちつきをとりもどしたが、まだ泣いている。ふつうの心痛ではない、と、ジャヴィアは即座にわかった。オリヴァーは大きなショックをうけている。

「どうしたんだい？」ジャヴィアは用心深く訊く。「話してごらん、大丈夫だから」

「緑のボドーが死んじゃった！」オリヴァーがしゃくりあげながら言葉を押し出す。

ジャヴィアは頭に不快な痛みを感じた。

「死んだって？」ジャヴィアは半信半疑でたずねる。「本当のことなのか？」

オリヴァーは泣きじゃくるだけだ。

「おいで」ジャヴィアは優しく声をかける。「わたしをそこに連れていってくれ。もしかしたら、おまえが見まちがったのかもしれないからね」

しかし、オリヴァーは死んだボドーを二度と見たくないという。あまりにはげしく逆らうので、ジャヴィアはかれを抱きしめ、主司令室のまんなかで立ちつくした。息子のこのようなようすをいままでに見たことがない。これまでは、父親の手が触れると、オリヴァーはしずかになった。しかし、今回は、この方法も通じないようだ。

もっともありそうもない考えが頭をよぎる。悪ふざけの好きなこの子をだれもが温かい目で見ているわけでないことを、ジャヴィアはよく知っていた。これまでのところはみなオリヴァーを寛容にうけいれてきたし、多くの乗員がかわいがってくれている。だが、そうではないのか？　他愛のないいたずらを誤解した者がいるのか？　この子に悪さをして、仕返ししようと思ったのか？　緑のボドーが死んだなどありえない。ボドーはまだ三十歳、肉体的にも最上のコンディションにある。それに、粉塵人間にもなっていないのだ。

サンドラ・ブゲアクリスがいきなり振りかえり、ぎょっとした顔で船長を見た。ジャヴィアは予見できない息子の反応が恐くて、オリヴァーをはなすことができずにいたのだ。サンドラがなにかささやいたが、ひと言も聞きとれないのでジャヴィアはかぶりを振った。すると副長は立ちあがり、かれへ歩みよった。

「悪童オリーのいっていることは正しいです」彼女はほとんど聞きとれないような声で

いう。「ボドーは本当に死にました」

ジャヴィアは驚きのあまり茫然とした。

何日も前から緑のボドーについてくわしく照会しようと思っていたのではなかったか？　そこまで手がまわらないうちに、時すでに遅しとなってしまった。

しかし、それはどうでもいい。重要なのは、乗員のひとりが明らかに不自然な死に方をしたということだ。そこになにか欠けている要素があるとしたら、殺人であろう。それ以外のことは考えられない。

「なにがあったんだ？」ジャヴィアは小声で問う。

「それがだれにもわからないのです」と、サンドラ。

「粉だよ！」オリヴァーがいきなり叫んだ。「植物の上に粉があった。ぼく、見たもん。植物がきらきら光って、粉がいっきに落ちて、飛んだの。ボドーがそこにいて、粉はボドーのまわりを飛んだあと、消えたんだよ。そしたらボドーが死んだんだ！」

＊

「粉塵には知性があるのだろうか？　あるいは知性体に操られているのだろうか？　われわれをここにとどめるものとは、いったいなんなのだ？」

レス・ツェロンは船長のこの問いを聞くと、悲痛な面持ちで垂れた頬をぶるぶる震わせた。今回ジャヴィアはスクリーンごしではなく、マルチ科学者と直接、対面している。

「その質問に対する答えを見つける手段がありません」シマリスはちいさな声でいう。

「ボドーに何が起きたのだ？」

「くわしく検死しましたが、なにも検出できませんでした」シマリスは居心地悪そうにいう。

「わかっているだろうが、そんなことは信じられない！」

「ちょっと待ってください、船長！」レス・ツェロンは必死に訴えた。「あなたがなにを信じようと信じまいと、いまは関係ありません。われわれのもとに死因の手がかりがまったくつかめない一遺体と、さまざまな植物のおさめられた陳列ケースがあります。その植物が一種類、なくなっているのです……ならんでいた順番から、種類も特定できます。さまざまな手がかりを追った結果、この植物は宇宙ハンザの影響圏のいたる場所でブラックリストに載っていることが判明しました」

「麻薬ということか？」ジャヴィアは驚いてたずねる。

「いいえ、もっとたちの悪いものです。われわれには、ボドーの友人関係にたずねる時間がありました。オリヴァーもいくつかヒントをくれましたよ。この植物は、明らかにサンパラの一種です」

「サンパラとはなんなのだ？」船長はとまどって問う。

「植物学的に大変に特殊な、知性を持っているとしか思えない植物です。名称と座標が極秘にされている一惑星の原生植物です。無害かつ脆弱な植物ですが、これ以外に持ってくるべきものはその惑星にはなにひとつなく、サンパラは絶滅の危機にあります。それほど稀少な植物をどこに持っていけば売れるか、商人たちが特定の方法を知っているとしたら、なにが起こるか想像できるでしょう」

「その植物が知性を持つことは証明されているのか？」

シマリスは船長を不満げに眺める。

「はい」かれは簡潔に答えた。

「で、サンパラの所持は禁止されているわけか？」

「それ以外にどう考えるのです？」

「わたしが知るかぎり、緑のボドーは専門家だった。とくに、あつかいのむずかしい植物の世話に関して」ジャヴィアはかたくなにいう。「サンパラの持ち出しを許可されていたのでは？」

「残念ながら、許可はおりていませんでした」

ジャヴィアはしばらくのあいだ、目を閉じた。

「そういうことか」かれはつぶやく。「つまり、われわれは犯罪者を船に乗せていたわけだ。ま、過ぎたことはしかたない。緑のボドーは死んだ。残念ながら、サンパラも。

これらのことにこれ以上かまっている時間はもうない。ものごとを実際的に見よう。粉塵はあらゆる種族の乗員を襲った。人類とはまったく系統の異なるブルー族もだ。通常の植物は被害をうけていない……粉塵がひとりでに落ちたので。それと反対に、サンパラは粉塵に襲われて消えた。ここまでは正しいな？」

「はい」

「では、なぜサンパラは消えたのだろうか？」

「わかりません」レス・ツェロンは考えをめぐらしながらいう。「ひょっとしたら……サンパラはちいさな植物で、高さ半メートルもありません。サンパラがあった場所で見つかった粉塵は少量でした」

ジャヴィアは思わず異人の警告のことを考えずにはいられなかった。スラケンドゥールンに近づきすぎれば粉と散る、という言葉を。粉塵人間たちは精力的に船内を自由に歩きまわっていて、《バジス》の中枢部に姿をあらわすことも多い。かれらの目的ははっきりしていた。もはや推論は必要ない。ヘンリー・ホルトとモリブントが、おそらくハリネズミ船内での経験によって粉塵人間たちの首謀者へと昇格し、かれらの要求を充分に明確に表明したのだ……《バジス》はスラケンドゥールンのすぐ近くへもどるべきである、と。粉塵人間たちは異質なものと化した。外見もいままで知っていた容姿とは変わってしまい、奇異な反応をしめすようになっている。変わらないのは名前だけだ。

かれらを本当の敵とみなし、それ相応にあつかいたくなる誘惑が、時間とともに大きくなってきた。かれらは不気味な敵の犠牲となった病人なのだということを、ほかの乗員たちは、たえず自身にいいきかせなければならなかった。

かれらを意のままにしている粉塵は、サンパラの場合と同様に、一定の時間がたつと剝落《はくらく》するのだろうか？　その後はどうなるのだろう？　植物から落ちた粉塵は、緑のボドーをまず変化させようとはせずに、殺してしまった。

「サンパラの平均的な重量はどれほどある？」ジャヴィアが質問する。

「およそ〇・七五キログラムです」

「そんなものなのか？」

「乾燥地帯に生育しているので、ふくまれる水分もすくないのです。粉塵が植物を消滅させるのに一日半かかりました。われわれは長く待たなければならないでしょう」

「きみの話を聞いていると……いや、よそう。われわれがこれらの人々に対してできることは、なにかないのか？」

「ありません」

「本当に？」ジャヴィアが急《せ》かすように訊く。

「われわれはすべてをためしました、本当にあらゆることを。しかし、人々から粉塵を除去する手段はなにもないのです」

「そうか、わかった」ジャヴィアはゆっくりといった。「《バジス》内にはそのような手段はないかもしれないが、まだチャンスはある」

「スラケンドゥールンにもどるつもりですか？」レス・ツェロンはぎょっとして訊く。

「しかし、それは自殺行為です！　われわれも粉塵に襲われ、船をあの雲のなかにつっこませてしまうでしょう！」

「ひょっとすると、それも悪くない解決方法かもな」ウェイロン・ジャヴィアはコメントすると、シマリスのけげんそうな視線に気づいて、ちいさな笑い声をあげた。「いや、わたしは生きることに疲れたわけではないぞ。でもそれは本当に、スラケンドゥールンの秘密を見破るための唯一の方法かもしれない。とはいえ、安心しろ。わたしはできるだけ早くクーラトへ飛び、そこからテラへ向かうつもりだ。しかし、粉塵人間たちの問題が解決しないかぎり、出発できないことを理解してくれ。可能性はつきたが、かれらを忌避《きひ》しつづけ、その最期を待つなど、非人間的だ。サンパラがわれわれにしめしたようなことはくりかえすまい。われわれはかれらを助ける努力をしなければならない。わたしにはまだの唯一の方法がのこっているように思える」

「その方法とは？」レス・ツェロンが疑わしそうに訊く。

ウェイロン・ジャヴィアはヴィデオ記録のスイッチをいれ、スクリーンをさししめし、「これを見てくれ」と、しずかにいう。「この映像は、われわれがスラケンドゥールンから比較的まだ遠くにいたときに撮影されたものだ。異船が見えるかね？　この船は光速すれすれの速度を維持しながら、雲にかなり接近して飛行している。次に、右下に形成されつつある突起に注目するのだ」

レス・ツェロンは船長の指示にしたがった。突起が驚くべき速さで成長しているさまが見える。かれはこの映像をすでに見たことがあると思い、そう合図しようとしたが、ジャヴィアがはげしくかぶりを振り、命令する。

「よく見ろ！」それはネクシャリストがいままで船長から聞いたことがないほどのきびしい口調であった。

異船は突起が到達する前にそこから疾走した。しかし突起の動きは速く、異船の動きを追ってまわる。その先端がもげて、粉塵の球のようになって空間を飛んだ。この球体は本来ならば、密集した星々のあいだのどこかに消えていくはずである。ところが、そうなるかわりに、球体はだんだん速度を落とし、ふたたびスラケンドゥールンの方向へともどっていったのだ。

「スラケンドゥールンの自己重力はわずかなものだ」ジャヴィアがおだやかにいう。「雲はあらゆる計測をしにくくしているが、それについてはすでに確認できている。わたしが思うに、スラケンドゥールンはおのれに由来する粉塵に対し、強力な吸引作用をおよぼしている。われわれはこの作用を利用するのだ」

「それはまたかなり不確定な仮説ですね」

「では、なにかほかの方法を知っているのかね？」

「いいえ」レス・ツェロンは認める。「しかし、それはかなり危険です。どんなに気をつけていても、あのような突起がわれわれに追いつき、全員を粉塵人間にしてしまったらどうなるのです？」

「そんなことにはならない！」ジャヴィアは語気を強めて断言する。「つまり、われわれはそのときにはもういない。船を去るのだ」

「搭載艦で？」

「一部の搭載艦でだ。ぜんぶは必要ない」

「しかし、《バジス》を失ってしまうと、もう銀河系へもどれないではないですか！」

レス・ツェロンは愕然として叫ぶ。

ジャヴィアはネクシャリストを考えぶかげに眺めた。この男をもう何年も知っている。いくつもの危機をともに経験し、乗りこえてきた。しかし、今回ばかりは事情が違う。

レス・ツェロンはわたしの考えにどのような反応をしめすだろう？　そして、ほかの者たちはどうするだろう？

船長はこの考えを追いはらい、答えようとみずからを強いた。かれ自身、その答えを出すことを長いあいだ恐れてきたのだが。

「いずれにせよ、粉塵が船内にあるかぎり、われわれはもどることができないのだ」と、ジャヴィア。「われわれは現在、この物質が知的生物を優先して付着することにかなりの確信を持っている。さらに、罹患者は遅かれ早かれ命を奪われるという前提にたたなければならない。粉塵がその不気味な力を失うことはないだろう」

ツェロンが驚いて見あげると、ジャヴィアはうなずく。

「植物と緑のボドーを殺した粉塵は、新しい犠牲者を見つけたはず。もうひとりあらたな粉塵人間が船内に増えたということだ。この物質が犠牲者をさらに増やすのは、予測可能だ。このような脅威をクーラトや銀河系に持ちこむわけにはいかない。レス、いったいこれはどのような物質なのだ？　きみたちはそろそろなにかつかんでもいいころだ。すくなくとも、なにからできているかくらいはわかったはず」

ネクシャリストは沈んだようすでかぶりを振る。

「われわれの知る素材をなんなく通りぬけるものが、なにに匹敵するというのです？」と、訴えるように問う。「調査しようとする前に、粉塵粒子はとっくに退散してしまう。たとえば人間の皮膚の上とかに、しばらくのあいだ偶然付着したとしても、そのときにはわれわれの計器が間違った表示をするのです。とにかく、なにごともなくあの物質を相手に作業することはほぼ不可能です。なにが関わっているのか、わかりません。計器をスラケンドゥールンに向けても、どうなるかはよくご存じでしょう。表示が狂ってしまうのです」

「スラケンドゥールンは生命のある物質なのだろうか？」

シマリスは冷ややかにかぶりを振る。

「それはありえないでしょう。真空のなかに存在するなにかであるはずです。また、われわれが持つ数すくない具体的な手がかりが示唆するのは、どちらかというとエネルギー性の事象だということ。実際の粉塵粒子を、いわばたんなる運搬手段として利用しているようです。わたしが個人的に正しいと評価する理論によると、粉塵はなんらかの方法で、ある特定の発展段階より上にある生物のからだにおりる。それは作為的に生じる現象で、招かれざる客をスラケンドゥールンから遠ざけ、接近しすぎた場合には破壊するのが目的です。この雲のなかに座している者がだれであろうとなんであろうと、とにかく手の内を見せたくないのです」

「そうだな、それはたしかだ」

ウェイロン・ジャヴィアは、ネクシャリストがまだなにか解説をつけくわえるかと待った。いま聞いたすべてのことは、漠然とした推測の域を出ないものだったからである。それはシマリスもわかっているはずだが、かれは強情に押し黙っていた。

「よかろう」ジャヴィアは力強くいう。「それでは、これから必要な準備に……」

そういいかけて、言葉につまった。向かいの壁から光り輝く人影があらわれ、まっすぐ向かってきたのだ。レス・ツェロンは跳びあがり、わきへよけた。それに対し、ジャヴィアはその場で身動きせず、動じていないことを表明するためにこれ見よがしに脚を組んだ。しかし、かれは本当はおちつきはらっていなかったのである。

粉塵人間は、船長の目と鼻の先で立ちどまった。

「われわれのがまんも限界です！」この人物をつつんだ光る繭の奥から、声が妙にうつろに響いた。「《バジス》を即刻スラケンドゥールンへと向かわせてください。これからもわれわれの要求を満たさないのであれば、一定の処置をとるしかありません」

「きみの名前は？」ジャヴィアがリラックスしてたずねる。

「モリブント」

「なるほど。どういう処置を考えているのか？」

「そのうちにわかります」

「この船にははたすべき任務があることをおぼえているかね、モリブント？」

粉塵人間は答えなかった。踵を返すと、壁を貫いて直進した。

「なぜハッチを使わなかったのか、わたしにはわかりかねます」レス・ツェロンがコメントする。「粉塵人間たちが壁を通りぬけられることはわれわれも知っていますが……べつのやり方をしたほうが楽でしょうに」

「デモンストレーションのつもりなんだろう」ジャヴィアが考えこんでいう。「かれらはこれまで、暴力をふるうことはなかった。しかし、それが変わったら、《バジス》船内のだれの身も安全ではないぞ。かくれ場はないからな。どの空間にいても、かれらはいつでもわれわれを攻撃できる。賽《さい》は投げられたのだ。いずれにせよ、この奇妙な現象はおしまいにしなければ！」

7

《バジス》からの脱出はきわめて迅速かつスムーズに運んだ。脱出の二十四時間前になっても、まだ多くの乗員は下船しなければならないという考えに対してはげしく抵抗していたが、最後のほうになると、これまで安全だと思われていた空間にも粉塵人間がたびたび出しぬけにあらわれるようになったので、そのうちだれもがこの光る人物たちの危険性を認識するようになった。数的には少数派であっても、どのような壁でも遮断物でも通りぬけられるかれらの能力は、全乗員を恐怖におとしいれることができる。

当然ながら、沈痛な雰囲気が支配していた。《バジス》をあとにしなければならないことに全員の気分がめいっていた。それでも、この一時的な移転に逆らう乗員はひとりもいなくなった。

とうとう、粉塵人間以外の生きた者の姿はこの巨大船から消えるにいたった。搭載艦は雲から安全な距離をたもってとどまり、《バジス》はスラケンドゥールンへと向かった。

粉塵人間たちは、ほかの者の撤退を注意深く観察していた。計画をじゃまするものがだれもいなくなったことを確認すると、かれらは主司令室に集まり、スラケンドゥールンがスクリーン上で膨張していくようすを注視しつづけた。やがて、揺れ動く突起が進行方向に認識できるまでになる。それでも《バジス》はまだ突起の到達範囲外に位置していた。すると突然、船の速度が落ちはじめ、ついにはスラケンドゥールンからある程度の距離をおいた宇宙空間のただなかで、完全に動かなくなってしまった。

数秒間、すべてがしずまりかえった。それから不意にだれかの怒りの叫びが起こる。粉塵人間たちは操縦システムに突進し、光る手でセンサー・キイのあたりをたたきだした。それが無数のスイッチの誤操作につながり、いともかんたんに不運を誘発してしまう可能性については、一瞬たりとも考えない。

ただ、幸運なことに、なにごとも起こらなかった。時間がたつにつれ、粉塵人間は理解する。主司令室を占拠したものの、それがもはやなんの役にもたたないということを。《バジス》乗員たちがあらかじめ防止策を講じていたのだ。船はここから発せられる命令にはもう反応しない。

短い協議のあと、粉塵人間の数名がすべての副司令室に送られた。もちろん、これらの副司令室が遮断されていないとは実際には思わなかったが、ためさずにいるわけにはいかないと判断したのである。

その者たちはすぐにもどってきて、《バジス》が制御不能になっているという暗澹たる一報をもたらした。しかし、それでもまだ、なにかが船を操縦しているとわかる。なぜなら、スラケンドゥールンの塊りからあらたな突起が《バジス》へゆっくりと伸びてくると、それと同じ速度で船が雲から遠ざかるからだ。

「ハミラー・チューブだ！」だれかがいうと、光る者たちは立ちすくんだ。

機密指令にしたがうかのように、かれらは主司令室を去り、隣室へ行く。二百五十名の粉塵人間がはいるにはあまりにちいさいキャビンだが、問題は起こらなかった。そこについた者から順になかにはいり、はいれなかった者はハッチの前で忍耐強く待ったからだ。これらすべてのようすも、これから起こることも、スラケンドゥールンの近辺で可能なかぎり、搭載艦のなかの乗員たちは通信機を通して知ることができた。多くは遮断されたが、それでもイメージできるほどのことははいってきた。

「《バジス》をスラケンドゥールンのなかへ進入させよ！」粉塵人間のひとりがハミラー・チューブに向かって叫ぶと、ほかの者たちもこの呼びかけに乗り、全員がすくなくとも一度はこのかけ声を口にするまでくりかえされた。

「なぜ、あなたがたは雲のなかへはいりたいのですか？」静寂がもどると、ハミラー・チューブはたずねた。

「われわれが進むことのできる唯一の道だから！」最前列にいる粉塵人間が答えると、

またしてもほかの者たちがこの返答に呼応した。ハミラー・チューブは根気よく待った。ふたたびしずかになると、皮肉をこめてコメントする。

「あなたがたのどなたかひとりだけと会話ができるよう、とりはからっていただけるとありがたいのですが！　ほかの人々の叫び声のせいで、時間を失うだけです」

「わかった」粉塵人間のひとりがいう。「ほかの者たちは黙るように」

かれらは実際に黙った。

「ご理解いただきたいのですが、あなたがたの論拠はいままでのところ説得力がありません」ハミラー・チューブはつづける。「わたしとしては、《バジス》をこの危険宙域のなかに導きたくないのです」

「おまえは……」

「お言葉の途中に申しわけありませんが」ハミラー・チューブは慇懃《いんぎん》無礼に口をはさむ。

「どうかわたしに対しては丁寧に呼びかけてください」

「いいだろう。きみは……」

「それから」ハミラー・チューブはかまわずにつづける。「あなたのお名前を名乗ってくださるようお願いします。そうすれば会話がしやすくなりますので」

「わたしの名はヘンリー・ホルトだ」粉塵人間はいらだって、「これでようやく話ができるのだな！」

「ああ、どうぞ！」ハミラー・チューブはばかにしたように答えた。

「きみは、スラケンドゥールンに行くというわれわれの願望を無視できない！」ヘンリー・ホルトは語気を強める。「どうがんばっても、きみはしょせんただのロボットだ。ロボットはわれわれに損害をあたえてはならないのだからな」

「だからこそ、スラケンドゥールンへ向かってはいけないのです」ハミラー・チューブは主張する。「そこに行けば、損害が生じます」

「その反対だ。スラケンドゥールンからはなれれば、われわれは死んでしまう」

「わたしが本当に〝ただの〟ロボットかどうか、ここで論議する気はありませんが」ハミラー・チューブはおちつきはらっていう。「たしかに、いくつかの根拠から、雲のなかにはいらないとあなたがたは本当に死ぬでしょう。しかし、ロボットといえども、ある程度の優先順位は守らなければなりません。あなたがたを雲のなかへ連れていっても、命を救えるかどうかは、かなり疑わしい。一方、あなたがたのせいで《バジス》を去ったほかの多くの思考生命体にとり、搭載艦で銀河系へもどれるチャンスがなくなるのは絶対確実です。ですから、われわれはスラケンドゥールンの到達範囲の外にとどまるのです。《バジス》は潜在的生存能力のある者のために、のこさなくてはなりません」

粉塵人間たちは身じろぎもせずに立っていた。これまでだれもハミラー・チューブと直接のコンタクトを持ったことはなかったが、この物体の謎についてはだれもが承知するところだった。どういうわけか、このポジトロニクスのなかには科学者ペイン・ハミラーの脳がはいっているという噂があるのだ。そんなことはぜったいに不可能であると、粉塵人間たちはこの瞬間、確信しただろう。ただのロボットだから、これほど冷淡かつ明瞭に死の判決について述べ、二グループのチャンスを無情につきあわせて比較考量することができるのだ、と。

あるいは、違うのか？

「われわれは死んでしまう！」ヘンリー・ホルトはくりかえした。

「その点については意見が一致しました」ハミラー・チューブは冷ややかにいう。

「きみも死ぬんだぞ」

「ロボットは死にません！」

「ま、ふつうのロボットの場合はそうだ。でも、きみは例外かもしれない。もしかすると、きみもやはり死ぬのが恐いのだろう」

「ここで哲学的問題を議論するのは無意味だと思いますね。どうしてわたしが破壊されるかもしれないと推測したのです？」

「論理的じゃないか。われわれが最後まで手をこまねいて待つとでも思うのか？　きみは《バジス》を封鎖している。よって、船のコントロールをとりもどすためには、きみをぶちこわすしかほかに手がない」

「わたし自身が《バジス》なのです」ハミラー・チューブは不遜にいいはなった。「わたしを破壊するのは同時に《バジス》を破壊すること。わたしなしでは、この船はスラケンドゥールンにあなたがたを連れていくことはできません」

「それでは意味がない。われわれは雲のなかへはいらなければならない！」

「ならば、すぐに行動しなさい。ただし、あなたがたよりもわたしのほうが速く動けることを忘れずに。あなたがたがわたしを破壊する前に、《バジス》は爆発します。そうすればあなたがたのチャンスはまったくなくなります」

「きみが正しいのかもしれない」ヘンリー・ホルトが悔しそうにいう。「同じことがきみにも搭載艦内の人々にもいえるが、なぜそんなに頑固なのだ？」

「性格のせいです」ハミラー・チューブは冗談のようにコメントした。

「スラケンドゥールンに行ったら、きみにとっても……純粋に計算上では……損害をこうむらないですむ可能性が生まれるぞ」ヘンリー・ホルトは必死に論じつづける。「またもどってくればいいのだから」

「計算上、そのような可能性は生まれません」

「なぜだ？」

「明らかなことではありませんか？　あなたがたは同時にふたつのものを追っている。

自分たち自身スラケンドゥールンに行きたいし、《バジス》もそこへ運びたいというのでしょう。搭載艇が数隻あれば、船から出られます。あなたがたが《バジス》を出て自力でスラケンドゥールンへ飛行しようとしても、だれも阻《はば》みません。その行動を起こす時間はずっとあった。しかし、あなたがたは一度たりともそれを試みていない。あなたがたのほしいものは《バジス》なのです。白状しなさい」

粉塵人間たちは、どうしていいのかわからないとでもいうように立っていた。

「わかった」ついにヘンリーが口を開いた。「きみのいうとおりだ。われわれ、きみに強制してでもスラケンドゥールンへ向かわせる」

「わたしに強制することはできません！」

「いや、できるとも。きみには弱点がひとつある。きみがだれなのか、なんなのか、決定的な確実性をもって知る者はいないのだ。きみはときにはロボットのように行動し、あるときはただの回路が内包する以上のものを持つようにふるまう。きみにとって重要なのは、自分の秘密をたもつこと。われわれがいかなる種類の物質でもつきぬけられることは知っているだろう。きみのなかに侵入し、秘密を暴き、プログラミングしなおし、内部にある脳を破壊することもできるのだ。もしきみがただのロボットなのであれば、われわれに服従することを教えてやる。なかに脳があるとしたら、それを破壊するのみ。そうすれば、ロボットはわれわれの命令にしたがうほかにない」

「ミスタ・ホルト」ハミラー・チューブはおだやかにいう。「あなたがたのなかでだれか、高性能ロボット脳のなかに一度でも侵入しようと試みた人はいますか？　長く考えこむ必要はないですよ。そうすることを、あなたがたはこれまで避けてきたでしょう。わたしにはあなたがたの行動を研究する機会が頻繁にありました。あなたがたのひとりはわたしの外殻からなかにはいりこみ、即座にスイッチの一部を破壊するでしょうが、それは《バジス》の終わりでもあります。あなたがわたしのほうへ手を伸ばすだけでも、この船は爆発するでしょう」

「はったりだ！」

「違います、ミスタ・ホルト。ロボットははったりなど、けっしていいません」

「しかし、ロボットは公平なはず！　きみは、スラケンドゥールンの秘密を見ぬけない人々を優遇している。それは間違いだろう！」

「スラケンドゥールンの秘密とはなんです？」

「そんな誘いに乗ると思ったら大間違いだ。なぜきみは、外にいる人々に利益をあたえようとする？　それに値いしないのに？」

「すでに説明したことです」ハミラー・チューブは冷淡にいう。「優先権の問題です」

「もしそれが本当なら、なぜきみはわれわれを脅迫するのか？」

「脅迫などしたおぼえはありません」

「そうかな？　われわれはそう思っている。きみの秘密を暴けばわれわれを滅ぼすと脅しているじゃないか」

「間違った考えにとらわれていますね、ミスタ・ホルト」ハミラー・チューブは冷静にいう。「脅しているのではなく、事実をしめしているだけです。ロボット三原則をご存じのはずですね、ミスタ・ホルト？　わたしには、なにより自分の存在を守る義務もあるのです。あなたの計画の無意味さを示唆することで、それを実行しようとしているわけです。わたしの秘密とやらを究明するつもりであれば、わたしが破壊されると同時にあなたがたも滅びる。それが真実です、ミスタ・ホルト！」

＊

搭載艦のなかでは、息もつかせぬ緊張が支配していた。何分も前から《バジス》との通信はとだえている。ウェイロン・ジャヴィアはハミラー・チューブに綿密な指示をあたえたが、計算脳に対し、ある種の不信もいだいていた。ハミラーはすでに一度、独断専行したことがあったし、セト＝アポフィスの影響下におかれたこともある。突然スラケンドゥールンに飛びこまないと、だれがいいきれるだろうか？

《バジス》はいまだに雲の到達距離外にいる。突起が形成され、船に向かって伸びてきたが、《バジス》は危険を回避した。

これは、粉塵人間たちが正常にもどったということなのか？　それともハミラーが、かれらと戦っているのだろうか？

ジャヴィアの視線がクロノメーターの上をはしる回数が多くなる。このあいだに、不可思議な粉塵が植物を消滅させるまでにどれほどの時間がかかるのか、というおおよそのことがわかってきた。それにより、人間が粉塵に対してどれくらいの時間持ちこたえられるのか算出することもできると思われる。植物の場合と同じように、人間と粉塵も相互に反応するということが条件であるが。

ジャヴィアは、粉塵人間たちがスラケンドゥールンの目前で解放されてほしいと願っていた。粉塵が雲に吸引されてしまうといいのだが、と。しかし、明らかにそうはならなかった。もしそうなっていれば、《バジス》はすでにスラケンドゥールンから遠ざかっていただろう。もうひとつ考えられるのは、粉塵が感染者たちをおおいつくし、痛ましい結果になっていることだった。その場合、粉塵は無用となった肉体をはなれ、《バジス》内にのこるか、スラケンドゥールンへ帰るだろう。恐ろしいことであるが、この可能性を現実として考慮にいれておかなければならなかった。

なにも阻止できないまま、およそ二百五十名の乗員たちが終わりへと向かっている。そう考えると、ジャヴィアにとってつらいことに変わりはない。かれらのためになにかができたのだと思いたいが……

しかし、実際にジャヴィアはかれらのためになにかしたのかもしれなかった。

その危機がいつ発生したのか、科学者たちの見解も一致していないが、とにかく危機的段階のはじまる直前、《バジス》から数個の光点がはなたれた。同時に船が雲から遠ざかり、スラケンドゥールンの境界と搭載艦のほぼまんなかへとコースをとる。

スラケンドゥールンの色がまたしても変化した。この数時間は怒りに燃えるようなオレンジだったのが、冷たく褪《あ》せたような黄色へと変わったのだ。それと同時にスピーカーから呼びかけてきた。

「注意！」ハミラー・チューブの声が響きわたる。「粉塵人間たちが《バジス》を脱出し、スラケンドゥールンへと向かいました……」

「ただちに出発しろ！」ジャヴィアがマイクに向かって叫ぶ。「ひきとめなければ！」

「……救出しようとしても意味がありません」ハミラー・チューブはつづける。「かれらは明らかに完全に雲の影響下にあります」

「いいかげんに黙れ！」ジャヴィアが憤然として命じる。「人間の命が関わっているんだぞ！」

「かれらがまだ人間であるという確信があるのですか？」ハミラーがおだやかに問う。

「きみはだれよりも近くにいたじゃないか！」ジャヴィアは息まく。「あの雲のなかにはなにがあるのか？」

「わかりません。ところで、こちらに通信が一本、舞いこんできました」

一モニターが明滅しはじめる。多くの障害のせいでゆがんだ、緑がかった金色の顔が、そのモニター上に数秒間うつった。

「《バジス》、聞こえるか！」驚くほど明瞭な声がいう。「こちら、テングリ・レトス。ただちにクーラトへもどり、わたしを乗せるのだ。われわれ……」ここで音量がちいさくなり、ささやくような声に変わる。「テラに到達しなければならない。ことが起きる前に……」

そこで接続がふたたび切断し、スピーカーからは物音ひとつしなくなった。ジャヴィアはべつのスクリーンに目をやる。《バジス》の追っ手が数隻出て追跡を開始しているが、粉塵人間たちとの差はあまりにも大きい。だれもかれらをとめることはできなかった。ジャヴィアがまだ眺めているあいだにも、二隻めの搭載艇が雲のなかへと没していった。

それからしばらく待ったが、一隻の搭載艇も帰ってくることはなかった。ジャヴィアは、すくなくとも粉塵人間たちの希望が叶えられ、あの雲のなかで生きのびてくれることを願った。

クーラトへの出発直前に、言語学者たちがいま一度報告してきた。〝スラケンドゥールン〟という言葉に対して、より適切な翻訳はまだ見つけられなかったが、最新かつ最終的な分析によると、この言葉と深淵の騎士ならびにポルレイターが本当に関連するかは、手もとにあるデータでは確認できないということがわかった。

《バジス》がクーラトへ向かうあいだ、ジャヴィアは重苦しい気持ちで、自分たちにはスラケンドゥールンの秘密を究明する機会はもう二度とないだろう、と考えていた。

永遠の戦士コジノ

エルンスト・ヴルチェク

登場人物

ロワ・ダントン……………………ペリー・ローダンの息子
ウェイロン・ジャヴィア……………《バジス》船長
デメテル………………………………ダントンの妻
ラダウト………………………………惑星クーラトの式典マスター。シュコイデ
ビーザン………………………………惑星クーラトの住人。エフィデ族
ゴシャール……………………………同住人。オグフォル人
テングリ・レトス＝テラクドシャン…………ケスドシャン・ドームの守護者
コジノ…………………………………ヴォワーレの弟

1

まったく似ていない姉弟の話をしよう。

この姉弟は、人間の男女から生まれたのではなく、それに類する他生物の異性同士から生まれたのでもない。

かれらは高次の結合手段により生まれた。

そして、両親からの素質をそっくりうけついでいる。

かれらが生まれるとすぐに、たがいに違う性質が顕在化した。姉と弟はあらゆる点であまりに対照的だった。

姉が白というと、弟は黒と即答する。

姉が上を見あげると、弟は深淵をのぞきこむ。

姉が右へ行こうとすると、弟は左へ曲がる。

ふたりが争えば、姉は歩みよるが、弟はその譲歩に腹をたてる。争いそのものをもとめているからだ。

姉はなにに関してもそのなかに善、美、貴重なもの、維持すべきものを見いだす。彼女にとってはどんな闇のなかにも一点の光があった。彼女は奈落の底ではなく、頂上を見あげる。すべてがいきづまったと思えるところで、いつも一片の愛や善を見つけるのであった。

それに対して、弟はつねにものごとの暗い部分、善に内在する悪、美のなかの醜さ、光が投じる影、価値あるものの無価値をきわだたせる。かれは世界の底辺を通るので、その途上では卑下と無慈悲が道づれであった。なにか障害につきあたると、それをうけいれることなく打倒するのである。

姉はもとめず、あたえる。弟はそれを奪うのみで、あたえることをしない。

あるとき、この似ていない姉弟のあいだに疑問がわきおこった。自分たちのうち、本来どちらが賢く強いのか。

「疑いなくわたしだ」弟がいう、「わたしは推進力であり、生命の原動力である。人生は闘争だから。それにひきかえ、あなたはおろかで脆弱で……だから善良なのだ」

しかし、姉はいった。

「おまえの強さはおまえの弱さ。なぜなら、人はあたえることによって勝つことができるのだから。奪う者は敗者なり」

「自分を失うまであたえつづけるがいい」弟がいう。「それによって、わたしはますます力を得る」

「おまえはその力を行使できない。なぜならわたしは戦わないから」と、姉。

これが似ていない姉弟の姿である。

姉は弟の対極の存在だ。

そして、弟は姉の対極の存在だ。

ふたりはそうやって釣りあいをたもっており、結局はどちらが欠けても存在できないのだった。

*

人々はビーザンを懐疑家と呼んだ。その不信のせいで、かれにはある感覚が欠けていて、それだから深く感じとることができないのだと陰口をたたいた。ビーザン自身は、自分のことをひたむきな求道《ぐどう》者だとみなしていたが。

「ビーザン！　どこへ行く？」

「ケスドシャン・ドームへ」

「おやまあ！　そこになにがあるのだ？」

「わからない。とにかく行くんだ」

ビーザンがナグダル市でめずらしく散歩する者に出会ったときの会話は、そんな調子である。相手が式典マスターであろうと、ドーム管理人であろうと、世話係であろうと、町に住む数すくない住民のひとりであろうと、関係ない。おたがいにたいして話すことがないのだ。儀礼的な短い挨拶だけでたりることもよくあった。

ビーザンは他者との密なつきあいをまったく重要視していなかった。かれが惑星クーラトにいる唯一のエフィデ族で、ほかの種族と親類関係がないからというわけではまったくない。瞑想によってめざす目的に達し、成就を見いだすべく、自分を精神的に深めたいというのがその理由だ。ただそのために、かれは活気のない都市が提供するわずかな娯楽をも疎《うと》ましく思い、いかなる交際もできるかぎり避けていた。

ビーザンが接触する相手は、せいぜい式典マスターとドーム管理人だけで、それもケスドシャン・ドームの意味について、まじめな哲学的な対話をするためであった。かれはドーム管理人百十六名と式典マスター十六名の名前と出自を熟知しており、かれらもまたビーザンのことを知っていた。ビーザンに〝懐疑家〟というあだ名をつけたのはかれらである。この銀河に住む知性体なら、だれもがケスドシャン・ドームにはいったときに感じることを、ビーザンは感知できない。それがかれらには理解不可能だったからだ。だからこそ、ビーザンは毎日ここへきて、ドームの巨大な円蓋の下で長い時間をすごすのである。かれ独自のその儀式は、すでに二百クーラト日以上もつづいていた。ある深淵の騎士の、プシオンによる任命式が催された、記憶にのこるあの日以来のことである。さまざまな出自の生物が数千名も参加し、二度とない体験をしたのだった。

ただ、ビーザンだけは違った。かれはあのとき、ほかのすべての生物が体験したドームの鳴動をひとつも感じられず、騎士任命式はたんなる視覚上の出来ごとでしかなかった。同胞の表情が変容するのを認めたが、自分の触角をかれらと同調して揺り動かすことはできなかった。

そのとき、ビーザンは自分が異端者であることをはっきりと自覚した。銀河じゅうの社会で自分だけが異質であり、同胞のなかでもよそ者なのである。かれは同胞たちとともに故郷惑星タノンに帰らなかった。自分の鈍感さの謎を解き、この問題をとりのぞくため、クーラトにのこったのだった。

しかし、何度ケスドシャン・ドームを訪れようとも、かれはなんの感慨もおぼえなかった。種族内では〝冷たいまま〟と表現される状態である。瞑想中にビーザンの体温は十分の一度もあがったことがない。

「聞いたか、ビーザン？　ケスドシャン・ドームでなにか謎めいたことが起こったらしいが」

オグフォル人の甲高《かんだか》い声が聞こえ、物思いにふけっていたビーザンはわれに返った。

後肢で立つ、痩身《そうしん》のごつごつとした姿が見えた。長く骨ばった前肢を曲げ、せわしく振動する空気嚢《のう》を押さえている。三本指の把握器官がこの嚢をくりかえし押すことで、空気が充満するのを防いでいるのだ。それはオグフォル人が興奮状態にあるというたしかな徴候だった。この生物は体内に大量の空気をとりこんで球状になるまで、皮膚を伸ばすことができるのである。

「道をふさぐな、ゴシャール」ビーザンは無愛想にいう。「おちつけ。でなければ、破裂してしまうぞ」

オグフォル人はひと息空気を吸いこみ、大きな音をたてながら空気嚢からそれを放出した。

「わたしの報告をまず聞いてくれ！」笛の鳴るような音とともに空気を吸いこみながらゴシャールはいう。「なんでも、ドーム地下の丸天井空間の調査に出かけた部隊がもどってくるらしいのだ」

「はじめて聞いた話ではない」ビーザンは不機嫌にいう。「ほら、道をあけろ」

「そうかい、わかったよ」不気味な低い声でオグフォル人が応じる。「だがそれはな、はじめて成功をおさめた部隊なんだ」

「どうしてきみがそんなことを知っているのだ？」それを聞いてにわかに好奇心がわいたビーザンが問う。

「わたしはドームにいたんだがな、なにかいつもと違うことが起きそうだと感じたのさ」と、ゴシャールはいい、トカゲ頭をビーザンの冠状触角の間近まで持ってくる。ビーザンは思わず頭をひっこめた。ゴシャールはささやく。「なにを感じたか知りたいだろう？　教えてやるよ。きみは心が麻痺しているからな。べつにわたしに感謝しなくてもいいぞ」

「感謝だと……」ビーザンは腹をたて、からだのなかが煮えたぎるように熱くなるのを感じた。

ゴシャールが驚愕の叫び声をあげると、空気嚢から空気が爆発したような音をたてて放出された。かれは四つんばいになり、前肢をとりわけ力強く踏みだして大きく跳躍し、急いでそこから逃げだした。

ビーザンは前に一度ゴシャールに、騎士任命式のあいだドームで感じたことを話してくれとたのんだことがある。それをとっくに後悔していた。オグフォル人には他者に好意をしめすことで相手を従属させる習性があり、それが絶対服従にまでおよぶことを、当時ビーザンは知らなかったのだ。それをはっきり知るようになってからというもの、ゴシャールとはまったく関わりを持たないようにしていた。早く故郷惑星の沼に帰ってほしいものだ。ビーザンは先へと進んだ。

やがて、ドームの方角へ馬蹄形《ばてい》に開けている町をぬけた。目の前には、巨大な卵の半分に似た広大な建物がそびえている。

ケスドシャン・ドームは大きさもかたちもとくに印象的ではなく、建築上の傑出した力作というにはほど遠い。ビーザンにいたっては、醜いとさえ感じている。しかし、それは、かれがなにもうけとれないせいなのだ。かれはおそらく、だれもが銀河のあらゆるところでうけとるメッセージを聞くことのできない唯一の生物であろう。

ドーム管理人の宿舎の前を通りかかったさい、だれにも会わなかった。ドーム内部へつづく門へ一歩はいりこんでも、阻《はば》む者はだれもいない。

ビーザンはドーム内に立ちいる許可をたずねたことも、禁止事項を気にかけたこともない。自由気ままに出入りしていて、これまでそれをとがめられたこともなかった。

自分がどれほどの常連であるかということを、そもそもドームの守護者テングリ・レトス＝テラクドシャンは知っているのだろうか。すこしでも気づいているのなら、こちらを無視しているということだ。ドームの監視者かつ監視騎士団の守護者である人物は、一度も姿をあらわしたことがない。

ビーザンは簡素な木のベンチがならぶ列のいちばんうしろにすわり、出入口の対面にある壇上でくりひろげられている事象に注目した。

そこでは式典マスター一名とドーム管理人四名が、テーブルをかこんで集まっている。式典マスターが八本足のシュコイデ、ラダウトであることにビーザンは気づいた。ドーム管理人たちがかたずをのんで見守るなか、テーブルにある機器を操作している。するとテーブルがわきへスライドして、地下の丸天井空間への入口が開いた。

ビーザンは冠状触角をまとめて壇上に向ける。体温が上昇して、はげしく燃えあがる感覚をおぼえた。

もし日常がこのショーのごとく心をひきつけるものであったならば、まったく無感覚でいられるはずはない！　かれは本当に感じられないわけではないのだ！　ドーム管理人が数名、地下の丸天井空間におりていった。しかし、それがなんだというのだ？　このような調査行は近ごろ何度も実施されている。

だが今回はいつもと違う、と、ビーザンは感じた。ドーム管理人たちが壇上の開口部からあらわれるのを、いまかいまかと待ちかまえる。壇上で起こることをひとつも見逃すまいと、感覚を極度に研《と》ぎすませていた。

＊

「かれら、持ってきたようです」ドーム管理人であるフリッコのドレアスが鳥の鳴くような声でいって、頭の羽毛を逆だてた。床の開口部の縁を踊るようにはねまわり、地下部分がもっとよく見えるように鳥頭を何度も前のほうへつっこんでいる。「開口部がもっと大きければ、ここから持ちあげられるのですが」

「じゃまだぞ」ラダウトが叱責すると、ドーム管理人はただちにわきへ跳びのいた。ラダウトは小刻みにはねながら近づき、ゆっくりと上昇してくる銀色の面をのぞきこむ。それは、べつのドーム管理人三名が丸天井の部屋から回収した立方体の上面であった。

「ベルクス！　ラノール！　スカルヴィア！」ラダウトは下に向かって呼びかけた。「聞こえるか？」

答えのかわりに、姿は見えないが、判別できない声が返ってきた。あえいだりうなったりする声が聞こえ、三名が大きな立方体を持ちあげようと奮闘しているようすが伝わってきた。

「手伝ってやれ」ラダウトは壇上にいるドーム管理人たちに命じた。「かれらが重くて苦労しているのがわからないのか？　三名だけでは手に負えないのだ」

「これを持ってくれよ」立方体の下から震える声が懇願してきた。サッソナーのベルクスの声だとラダウトは気づき、力強い長い鼻で荷物を持ちあげている姿を想像した。そのあいだ、体力的に弱いほかのドーム管理人二名は、運搬装置のエネルギー・フィールドを操作しながら力ぞえしていた。

「そんなに大騒ぎするな、ベルクス」ドルドン人のスカルヴィアが発言する。「きみは恐がってばかりじゃないか」

「やった意味がなかったな」第三の声が口を出す。ヴァリア人のラノールだ。「すべてがむだだった」

ラダウトはコメントするのをさしひかえた。三名がかなり大変な任務を遂行したことは想像できる。ケスドシャン・ドーム地下の丸天井空間におりるのは、安全というわけではないからだ。

すこし前、ペリー・ローダンも同行者たちと地下にはいった。その後はレトスによって〝霊廟〟は封印されていたが、この調査のあいだだけ開かれたのである。

立方体がかたむくと、角が床の開口部の縁につかえ、軋《きし》み音をたてた。壇上にいたドーム管理人たちは飛んでいき、銀色の容器が動かせるように横へひと押しした。軽い衝撃とともに立方体はあがり、上半分が床の開口部から出てきた。

これで立方体を容易に持ちあげ、床の上に置くことができた。そのあとすぐに、ベルクスとラノールがつづいた。ふたりは明らかに急いで外に出たかったようだ。スカルヴィアはそれとは反対に、偽足でのっそりと遅れてあがってきた。

ラダウトは開口部をすぐに閉めた。ベルクスの不安げな催促に応え、テーブルが旋回して閉じた出入口の上へとおさまるよう、ボタンを押して操作した。

「丸天井の部屋への出入口はふたたび封印された」ラダウトは疲れはてたように見える調査参加者三名に告げると、自分自身も安堵をおぼえた。「きみたちをつねに脅かしていたものは、もう危険ではなくなったということだ」

「ひどいものでした」ベルクスが長い鼻の穴を半分閉じていう。発声器官周囲の筋肉はすりむけ、腫れあがっていた。「千回死んだような気分です。われわれがなにをくぐりぬけてきたか、だれにもわからないでしょう」

かれは長い鼻をまるめて、しわのなかに顔を埋めた。屈強なからだが、経験してきた恐怖を思いだして小刻みに震えている。

「本当にそんなにひどかったのか？」ラダウトは心配そうにたずね、球状にまるまり完全に自分の世界に閉じこもったことをしめしているベルクスを見やった。このようにして外界のあらゆる影響を避け、災難から身を守るのがサッソナーの特徴である。

「この弱虫は、あぶなくなるといつもこんなふうになるのです」スカルヴィアが憤慨していう。「そのせいで、われわれの計画は危険にさらされました。立方体を運ぶだけでなく、かれの面倒も見なくてはいけなかった。もしかれがわたしのうしろにいたら、あの地下に置いてきましたよ。ベルクスはわれわれドーム管理人の恥さらしだ」

「きみの態度もドーム管理人として褒《ほ》められたものではないがな」ラダウトがドルドン人をたしなめる。スカルヴィアは調査部隊三名のなかで身体的にはもっとも軟弱であるが、もっとも元気な印象だ。そのからだには骨格がなく、姿かたちを自在に変化させることができる。カタツムリのように渦を巻いた甲羅に支えられた上体の末端が頭部で、その軟骨面に感覚器官が埋めこまれている。移動手段や手作業のために、偽足を十二本までくりだすことができた。

スカルヴィアは偽足をすべて自由にしてラダウトへとさしのべられるように、甲羅にもたれかかった。

「では、このことについてはもう触れないでおきましょう」スカルヴィアはきっぱりといい、ふだんは表情豊かな顔をこわばらせた。氷のように冷たい拒絶の仮面だ。「あの奥で起こったことについては、これ以上いっさい発言しません。われわれが間一髪で死ぬところだったと、ベルクスならいうでしょう。それは正しいのですが、だからといってあのような行為をしていい理由にはなりません。とにかくわれわれは生きのびたし、任務を遂行した。そのことのみが重要です」

「いまだに疑問なのですが、われわれが出動した意味はあったのでしょうか」ヴァリア人のラノールが発話器官を半開きにして告げる。ラダウトよりも大きく、華奢《きゃしゃ》な体格だ。シュコイデと同様、昆虫種族に属するので、ラダウトはラノールの表情をうまく読みとれないのだが、煮えきらないようすに見えた。両方の複眼は困惑と不安な胸中を物語っている。

「なぜこんなに疑問に思うのか、自分でも説明がつかないのですが」かれはつづける。「地下へとおりていったとき、いかなる危険に遭遇するかわからなくとも、まだ気概は充分にありました。でも、目標に到達し、立方体を回収したとたん……この計画の意味と価値についての疑念がわたしを苦しめはじめたのです。わたしもこれ以上いうことはありません。黙っていたほうがいいでしょう」

「きみもまた弱虫だな、ラノール」スカルヴィァアが軽蔑していう。ヴァリア人はこの非難に対して黙っていた。

「ならば、地下できみたちがどんな状態だったのか、われわれは永遠に知ることはできないのか？」ラダウトがたずねる。答えはなかった。

式典マスターはその結果、ますます考えこんでしまった。ドーム管理人三名の変貌の原因はなんなのか。かれらをケスドシャン・ドームの地下へ送りこんだときは、みな同等だったといっていいだろう。おたがいにみごとに補足しあい、好ましいチームを形成していた。その観点からラダウトはかれらを精選し、このような混成チームが成功への最良の保証だと考えたのだ。

ところが、かれらは完全に変わりはててもどってきた。スカルヴィァアは強引かつ意気軒高である。ベルクスは対照的に、なにかに精神をやられたかのように骨ぬきになっている。この両極端なふたりのあいだで、ラノールは優柔不断で混乱しており、疑念に苦しんでいる。

立方体からなんらかの放射が出ていて、その影響がかれらをこのように変えてしまったのだろうか？

ラダウトは思わず身の毛がよだつのを感じた。

「われわれが地下からどれほどの宝物を回収してきたか、教えてもらえないのですか？」と、ラノールがたずねる。

「きみたちは知らないほうがいいだろう」ラダウトは答え、立方体のほうを向いた。銀色の表面に光が反射している。なぜかは説明できないけれども、この立方体はかれのイメージとどことなく一致しない。

「あなたはわれわれにある名前を告げました……コジノと」式典マスターのうしろでスカルヴィアがいった。「その言葉はなにをあらわしているのです？　立方体、それともその中身のことですか？」

「そう、コジノだ」ラダウトがくりかえした。「かれを回収することが重要なのだ」

そのとき突然、ラダウトは立方体のどこがおかしいのかに気づいた。それはもはや完全な立方体ではなかったのだ。角も、向きあっているどの面も平行ではなく、角は直角ではないし、辺の長さもまちまちである。六面ある表面はどれも正方形ではない。

そのうえ、銀色の金属はその輝きを失っている。表面が曇り、くすんでいる。

そのとき、レトス＝テラクドシャンが壇上のまんなかに実体化した。

ラダウトは、立方体からなにかが実体化したと思って、とっさに身をすくませた。

銀色の糸が網目模様に織りこまれた琥珀色のコンビネーションに身をつつんだヒュー

マノイドを識別すると、ようやくおちつきをとりもどす。

「わたしがすでに恐れていたとおり、コジノが……」ラダウトはそういいかけたが、あとはいわないままだった。ラダウトは胸をなでおろした。レトス＝テラクドシャンが自分たちのほうへやってくると、ラダウトは胸をなでおろした。式典マスターにとって、レトスがただの物質プロジェクションであることなど、どうでもいい。かれはあたかも血肉でできているかのようにリアルだった。監視騎士団の設立者で、最初の深淵の騎士でもあるテラク・テラクドシャンの精神の媒体として、レトスはクーラトで最高位の人物であった。

「きみたちはわたしの命令を完遂したようだな」レトス＝テラクドシャンはそういって、立方体の周囲をひとまわりした。手を腰にあて、厳然とした真剣な表情をしている。

「すべての当事者に礼をいう。また、人類の名においても」

「それは光栄に存じます」ラダウトはとりいるようにいう。レトスのあとにつづき、すこしでも身長を高く見せようと、後肢の上に身を起こし、低くおさえた声でつけくわえた。「しかし、この計画が成功したかは疑問なようです。立方体は破損してゆがんでいます。だれかが立方体に手をかけたということ。むろん、ドーム管理人ではないはずです」

「それには気づいていた」と、テングリ・レトス。立ちどまったまま、片手で顎を支え、壊されてしまったかのような立方体を思案顔で見た。

その姿勢であたかも、内部の声……テラク・テラクドシャンの霊のささやき……に耳を澄まして、無尽蔵の知識を得ているかのように見える。

しばらくのあいだ、沈黙が支配していたが、ラダウトは耐えきれなくなってとうとうその静寂を破った。

「何者かが立方体をいじった可能性はあるでしょうか？」と、問う。「だれかがこれに近づき、その能力を自分の目的のために悪用しようとしたのでは？」

この〝だれか〟をセト＝アポフィスだと考えていることまでは、いいおよばなかった。セト＝アポフィスはかつて、ケスドシャン・ドーム地下の丸天井空間にあらわれ、暴威をふるったことがある。だが、ラダウトが特別に指摘するまでもない。その関連については、レトス＝テラクドシャンのほうがよく知っているから。しかし、レトスはまだ沈黙しつづけていた。

「それとも、コジノが自力で自由を手にいれたのでしょうか？　かれは脱出したのでしょうか？」

「だとしたら、恐ろしいことだ！」レトス＝テラクドシャンはぎょっとしていう。「わたしはコジノを最速の方法で深淵の騎士ふたりの故郷銀河に連れていく。それがどういうことか、きみたちはわかっているだろう。そのためにわたしは《バジス》をクーラトへ呼びよせた。深淵の騎士であるペリー・ローダンとジェン・サリクには、この支援が必要なのだ」

「それで、立方体のようすがおかしいことはどう？」ラダウトが質問する。

「それは《バジス》の到着までにわれわれで究明できるだろう」テラク・テラクドシャンの化身はテングリ・レトスの物質プロジェクションの姿でいった。監視騎士団の守護者はまだなにか補足したげだったが、思いがけないじゃまがはいった。

参加者のだれも、ドームの最後列に陣どっていた一訪問者に気づいていなかった。そこから訪問者が壇上へ急いで歩みよったとき、テングリ・レトスは、はじめてその存在に気がついたのである。

ビーザンは、興奮に震える声で叫んだ。

「力を感じる。わたしははじめてメッセージをうけとり、この場所から発せられる力と栄光を受領した！」

＊

ビーザンはできるかぎり感覚を研ぎすましていたにもかかわらず、壇上でくりひろげられる出来ごとがまったく理解できなかった。発言のひとつひとつを聞き、触角はいかなる詳細をも逃さなかったが、それでもなにが問題なのかさっぱりわからない……

そのとき、メッセージがとどいたのである。

かれの周辺世界は文字どおり消滅した。壇上で大きな立方体をあつかっている面々のことも、知覚できなくなる。

ビーザンにとっては、立方体がドームからのメッセージを強調する装置であるかのように感じられた。いりまじる感情の波を自分に送ってきて、そのなかでまさに溺れさせているのは、レトス＝テラクドシャンその人なのだろうか。

強さと力の感情をうけとると同時に、ビーザンの心は悲哀と憂鬱にも浸された。なにかがかれにおさえがたい憎悪を植えつけ、その一方ではべつのなにかがそれを和らげようとしている。

エフィデ族はあちこちへひっぱられ、目眩《めまい》のするような高さへ持ちあげられ、また底へとたたきおとされた。

しかし、だんだんと目まぐるしい感情の大渦巻きはしずまってきた。ビーザンはふたたび精神的均衡をとりもどし、自分の足もとにあるしっかりした床を感じられるようになった。からだにあたる木製ベンチのかたさも、かれを安心させた。

ビーザンの感覚を鈍らせていた靄《もや》は消え、周囲が再度明るくなった。かれは立方体と、それをとりかこんでいるさまざまな生物を認識することができた。

式典マスターとドーム管理人たちに、もうひとりの人物が相対している。それはヒューマノイドであった。クーラト日で二百二十日前に深淵の騎士に任命されたテラナーと同じく。

だが、この儀式は前回とはくらべものにならない。ラダウトは毛皮の縁のついたビロードのマントさえ着ていないのだから。訪問者数千名のかわりに、ノルガン・テュア全銀河からこの儀式に参列しているのはただ一名……懐疑者と呼ばれる、タノンからきたエフィデ族のビーザンのみだ。

そして、こんどのヒューマノイドはペリー・ローダンではなく、レトス＝テラクドシャンである。出来ごとを威厳あるものにするため、自身の精神を立体プロジェクションにうつしたのだ。

ビーザンはいきなり立ちあがり、壇上へと急いだ。

メッセージはもう消えたが、先ほど自分をとらえた力と栄光の余韻がまだいくらかのこっている。

その体験がかれを力づけた。

この気持ちを自分のなかにおさめておきたくなかったので、言葉にし、大きく響きわたるようにドーム天井に向かって叫んだ。

壇上にいた人々はこれに気づいた。

「あれはだれだ?」レトス＝テラクドシャンがたずねる。

「エフィデ族のビーザンです」と、ラダウト。「地下からコジノを持ってきたドーム管理人三名と同じような影響をうけたのではないかと」

「わたしの精神はもう麻痺していない！」ビーザンはかれらに向かってうれしそうに叫んだ。「ドーム管理人スケンツランの娘のティリル麻痺が癒えたのと同じ奇蹟だ」

ビーザンは壇上によじのぼり、ややいびつなさいころのような、銀色に輝く立方体に感激しながら近づいた。その物体に到達して、軽く波打った表面に触角を滑らせる。一瞬にして、かれの心にさまざまな相反する感情が押しよせてきた。

一致団結したドーム管理人たちに立方体からはなされたときにはじめて、ビーザンは現実にひきもどされた。

「立方体を遠くへ持っていけ」レトス＝テラクドシャンが命令する。「だれも近づくことのできない建物のひとつに運ぶのだ。わたしが判断をくだす前に、まず調べなければならない」

「それで、あなたの計画はこれからどうなるのです？　コジノを深淵の騎士ふたりの故郷銀河へ運ぶのですか？」ラダウトがたずねる。

「それはまだこれからわかるだろう」

ドーム管理人たちはビーザンをドームから出し、立方体から手のとどかないところへ連れていった。ビーザンは町へ送りかえされ、いま起こったことを忘れて故郷銀河へ帰るように忠告された。

しかし、ビーザンはそんなことは考えていない。

体験に付随する感情の嵐のことは遠い夢のようにしか思いだせないが、それがかれをとらえてはなさなかった。

その後かれは、この件を冷静に見られるようになったとき、それが正しい道ではあったものの、自分の目的からはまだ遠いという結論に達した。

「ビーザン！　ケスドシャン・ドームに行ったのか？」

「ああ」

「それで？　どうだった？」

「いろいろあった。でも、まずは自分のなかで整理しないといけない」

「心を大きく開かなければ、ビーザン。それがすべての秘訣だ」

かれはまさにそうした。母なる恒星ヴェーグの力にかけて、心を開いたのだ！

これまで未知だったエネルギーを、ほんのすこし味わうことができた。そのエネルギーこそ、この銀河に住む自分以外の全生物のなかに内在しているものだろう。

ビーザンはそれをもっとほしいと思った。

2

《バジス》が千二百七十光年の距離を進んだところで、メタグラヴ・エンジンが停止した。平均直径一万二千メートルの巨大な飛行物体は、七惑星を持つイグマノール星系に進入し、その第三惑星クーラトへ向かっている。

《バジス》は、ケスドシャン・ドームからのテングリ・レトス＝テラクドシャンの呼びかけに応じた。深淵の騎士の新しい守護者は、緊急メッセージを通じて、乗員たちにできるかぎりすみやかにクーラトへくるようにとうながしたのだった。

ハトル人はそのなかで、種々の出来事ごとに対処するため人類の故郷銀河へ向かい、地球に行く必要があることをほのめかした。みずからもともに飛行するつもりなのだ。

このことにより、《バジス》では一連の推測や想像がひろがっていた。船長のウェイロン・ジャヴィアは、レトスの緊急の要請と、ペリー・ローダンが約束したように無間隔移動で《バジス》を訪れていない事実のあいだに、ある関連性を見ないわけにはいかなかった。ローダンがノルガン・テュアにこられないのは、故郷銀河でなにか大変なことが起きたからにちがいない。

ハミラー・チューブも、この不安をはらいのけてはくれなかった。

いま、船は目的の惑星に近づきつつある。識別インパルスはとっくにクーラトに送っていた。しかし、応答はない。

「軌道に乗り、待機しよう」ウェイロン・ジャヴィアは判断した。

「その冷静さ、見習いたいですね」サンドラ・ブゲアクリスが非難がましく、「周囲の惑星が崩壊しても、あなたは退屈しながら見物するかもしれない」

「だれしも自分の流儀というものがある」ジャヴィアはそういって、計器コンソール上に置いた光る手を挑発的に組みあわせた。「ほかになにか有意義な提案があるか？　どんな人騒がせなことでもいいぞ」

「そうきましたか」女副長は、怒りのまなざしでかれを見すえた。「ケスドシャン・ドームに緊急の問いあわせをするといったら、なにか異存あります？」

「悪くないじゃないか」ジャヴィアはこともなげにいう。

サンドラ・ブゲアクリスは明らかにもうひと言きついコメントを返したそうだった。しかし、父親のもとにきて膝の上にすわっている六歳のオリヴァー・ジャヴィアを見ると、なにもいわずに背を向けた。

「きょうはサンドラ、なんだかとくに怒りっぽいね」オリヴァーはからだを抱く父の手をつかんでいった。「どうしちゃったの？」

「スラケンドゥールンでの事件から、まだたちなおってないんだよ」ジャヴィアが答える。「われわれ全員にとってつらいことだったからな。ここから去り、あの奇妙な雲についていった乗員のなかには、サンドラの友だちもいたのだ。それがやりきれないんだよ」

「でも、サンドラはパパのこと愛してるんでしょ」オリヴァーはいう。

ジャヴィアはつくり笑いをして、息子の金髪をなでた。

「生意気なことをいうんじゃない。愛がなにかも知らないくせに」

「サンドラ、パパのこと好きなんだよ！」息子はいいはる。「ハミラーに訊いてみたらいいよ。この船で起こることはなんでも知っているんだから」

「いいや」ジャヴィアはそういったものの、悪童オリーが提案した質問をハミラー・チューブに投げかけてみたら、サンドラの感情をどのように分析するだろうと考えた。

「みんな死んじゃったの？」

「だれが？」

「搭載艇に乗ってスラケンドゥールンに消えていった人たちだよ」オリヴァーは、父親が自分の思考についてこられなかったものだから、やや非難がましくいった。「からだについた粉塵《ふんじん》のせいで死んじゃったの？」

「いや……パパはそう思わない」ジャヴィアは答えた。脳裏には、もう乗員リストにない名前の数々が思いうかんだ。全員、いい仲間だった。総勢二百五十名。かれら全員がもういないなんて、だれが納得できるだろうか？「みんなまだ生きていて、自分たちの思うやり方で幸せになったと信じているよ。かれらは、べつの存在のかたちを見つけたのだ。もしかしたら、前よりもよくなったと思っているかもしれない」

「じゃ、悲しまなくてもいいんだね」と、オリヴァー。

ジャヴィアは息子と話しながら、ロワ・ダントンとデメテルが司令室にはいってきたのを注視した。

この神秘的な女性は、おそらくロワにとっても謎だらけなのだろうが、毎回あらためてジャヴィアをひきつける。十カ月前に《バジス》が出発したさい、彼女が昏睡状態で横たわったまま船内に運ばれてきた最初の瞬間からそうだった。説明のつかないその状態が、半年前までつづいたのだ。

ちょうどペリー・ローダンが、ケスドシャン・ドームでプシオンによる騎士任命式に出ている最中に、《バジス》内のデメテルは忽然《こつぜん》と昏睡からさめたのだった。このふたつの出来ごとにどのような関係があるのかは、いまだに不明である。

デメテルはパノラマ・スクリーンの前で立ちどまり、惑星クーラトが拡大表示されているのを呪縛されたように見いっていた。ジャヴィアは、イグノマール星系へ飛行する予定が決まってからロワがいったことを思いだした。

「もし機会があれば、デメテルをクーラトへ連れていこうと思っている。彼女はどうしてもケスドシャン・ドームを訪れたいらしい」

ロワのいうとおりならば、もっともな希望だ。デメテルはそれに対するくわしい理由はあげなかったが。

ジャヴィアが阻止するまもなく、オリヴァーは膝から跳びおり、デメテルに駆けよった。彼女が自分に注意を向けるまで、その手をひっぱる。

「悪童オリー！」彼女は輝くような笑顔で呼んで、かれを高く抱きあげた。

ロワ・ダントンはジャヴィアのもとへきた。同時に通信センターから出てきたサンドラ・ブゲアクリスとも鉢あわせになった。

「テングリ・レトスに何度か連絡をとったのですが」サンドラが報告。「ケスドシャン・ドームからはなんの応答もありません。これはどう考えてもおかしいです。レトスからの連絡が急にとだえるなんて、なにか起こったにちがいありません。なんらかの手を打たなければ。調査部隊をクーラトへ送ってはどうですか？」

ジャヴィアは、これを聞いてデメテルが身をすくませたのを見た。彼女はオリヴァーを床に立たせてから、興味深げに近づいてくる。

「テングリ・レトスにもうすこし時間をあたえよう」と、ジャヴィア。「短絡的に最悪のことを想定するべきではない」

「かれの沈黙にはきっと他愛ない理由があるのだろう」ロワ・ダントンもいう。「レトスは地球への飛行に同行したいといった。出発準備で忙しいのかもしれない」

「それにしても、最初あれほど急いでいたのに、突然しずかになったのはやはり奇妙です」サンドラ・ブゲアクリスはいいはった。

ジャヴィアはため息をついて腰をあげ、光る手を女副長のほうへ伸ばした。

「さ、ハグさせてくれ、サンドラ。それでおちつくはずだ」

「さわらないでください、ウェイロン！」彼女は怒って叫び、あとずさりした。「あなたの気休め療法なんていりません」

「残念だ」ジャヴィアはがっかりして、自分の手をじっと見つめた。

手は透きとおったようになり、かすかな光をはなっていた。この青く光るオーラのせいで、〝キルリアンの手〟と呼ばれている。この手のなかには不思議な力が宿っている。手をだれかの上に置くと、あらゆるストレスやいらだちがぬけ、ジャヴィアの持つおちつきと思慮深さがその人にも波及するのである。

もう三十年も前に起こった実験事故のせいでこうなったのだが、ジャヴィアはそのことについて話したがらず、曖昧《あいまい》な返事しかしない。詳細については意識から排除したらしいというのが通説となっていた。

それに関して《バジス》船内ではひとつの逸話がひろまっている。

ジャヴィアはハミラー・チューブとの会話のなかで、何度となく疑問に感じたという。ハミラー・チューブが自分を純粋なポジトロニクスだと思っているのか、それとも、内部でペイン・ハミラーの精神が生きつづけていて、この天才的科学者の脳とポジトロニクスが一体化しているのか、と。そこで、次のような発言をした。

「ペイン・ハミラーは事故により、不可解な状況下で亡《な》くなった。ライフワークであったハミラー・チューブ、つまりきみを《バジス》に設置した直後のことだ。その奇妙な状況はいまだ解明されていない。かれがきみのなかに生きつづけるため、自死したのではないかという疑惑が生まれたのも、もっともなこと。そこから単純な疑問が生じるのだ。きみはペイン・ハミラーの脳なのか？」

それに対し、ハミラー・チューブはこう返事したらしい。

「まずあなたが質問に答えたら、わたしも明瞭な答えを出すと約束します、ウェイロン・ジャヴィア。あなたはどのようにしてキルリアンの手を得たのです？」

ジャヴィアはそれに対して黙した。したがって、これらのふたつの質問にはこれまで答えが出されていない。そういう逸話である。

「副長はそれほど的をはずしていないかもしれない」サンドラ・ブゲアクリスが退出すると、ロワ・ダントンはいった。「レトスが連絡してこないのは、なにか尋常でないことが起こったからにちがいない。銀河系の出来ごとと関係があるとわたしは思うのだが」

「サンドラは、クーラトでなにか悪いことが起きたと心配しているんです。口にはしませんが」ジャヴィアが応じる。「だけど、ばかげていますよ。セト＝アポフィス要素は排除され、テングリ・レトス＝テラクドシャンがドームを守っているのだから……」

ジャヴィアは話を中断した。司令室のまんなかにひとりの姿が実体化したのだ。ロワ・ダントンがいちばんに驚きからわれに返り、この印象的な登場人物に対し、挨拶がわりにいった。

「や、これは！　ハトル人のことを話していたら、ご本人のお出ましだ」

テングリ・レトスはこのコメントを無視した。疲労困憊《こんぱい》し、ややとりみだしたようすである。《バジス》に実体化したことを、このうえなく厄介な義務と考えているかのようだ。

「きみたちは、考えられるかぎりもっとも悪いタイミングを選んでやってきたようだな」と、テングリ・レトス。

「あなたが呼んだのじゃないですか」ウェイロン・ジャヴィアが答える。「われわれは要請にしたがっただけです。だからきたのですよ」

「それは誤解だ」と、テングリ・レトス。「とにかくわたしはなにも知らない」

この簡潔な言葉は、司令室内に爆弾のように撃ちこまれた。

*

テングリ・レトスは、身長百九十センチメートルの生粋《きっすい》のヒューマノイドである。それでもテラナーとは違ういくつかの画然とした特徴がある。かれの肌はエメラルド色だ。それだけではなく、金色の象嵌《ぞうがん》細工のように見える抽象的な模様もはいっている。琥珀色の目にはグリーンの光がちりばめられ、見た人はわれを忘れるほど魅了される。力強い顎、きりっとした口、やや鷲鼻ぎみの高い鼻がつくりあげる顔は、そのからだと同じように男性的である。額にはヘアバンドを巻き、たてがみのような銀色の頭髪が顔に似合っている。

しかし、いまその顔には、内的不安と戦っているような苦渋の表情が浮かんでいた。レトスは、かれの目と同じ琥珀色の、からだに密着した合成素材のコンビネーションを着用していた。足先からふくらはぎにかけては肌と同じ色で、輝く繊維からなる網状の模様でおおわれている。

その外見は、完全にかつての、まだ光の守護者だったころのままだった。かれはその物質プロジェクションを、テラク・テラクドシャンの意識の搬送体としてひきついだのだ。

テングリ・レトスは、高次発展段階へ進化のステップを踏みだそうとしたとき、セト＝アポフィスの犠牲となり、自分のからだを失った。次元間に吹きとばされるかわりに、レトスの精神はセト＝アポフィス要素の一部分とともに、ケスドシャン・ドームのなかに運ばれた。そこで、ドームにとどまっていたテラク・テラクドシャンの精神と一体化したのだ。この共生状態によって強化されて、セト＝アポフィスによるケスドシャン・ドームの掌握《しょうあく》と破壊を阻止することに成功した。その結果、ドームは割りあてられた使命を保持することができ……ペリー・ローダンはプシオンによる騎士任命をうけられたのである。

最初の深淵の騎士であるテラク・テラクドシャンは、レトスと同じくハトル人であった。ふたりの精神が出会い、たがいに完全に理解しあったのは、同じ出自という理由もあっただろう。しかし、この出会いは偶然のなせるわざではなく、コスモクラートたちによって操作されていたとも考えられる。

だが、レトス＝テラクドシャンはそのような推測になんの見解もしめしていない。かれやケスドシャン・ドームの式典マスターが、コスモクラートとどのようにコンタクトするのかは、謎につつまれたままだ。

「わたしは《バジス》をクーラトへ呼んだおぼえはない」レトス＝テラクドシャンは主張する。「そんなことをする理由がまったく見あたらない」

「われわれ、そちらからの二回の緊急シグナルを記録している」と、ロワ・ダントン。「録音を聞かせようか？」

テングリ・レトスは手で拒絶の合図をした。

「時間のむだだろう。きみたちを呼んだなら、わたし自身が知っているはずだ」

「あなたが考えを変えたということもありえる」と、ダントン。「翻意《ほんい》のきっかけはなんなのだ？」

「なにもない」レトスは自信なさそうにいい、力ない身ぶりをした。「きみたちの到着の知らせがとどいたとき、わたしはちょうど手がはなせない任務に没頭していた」

「これは銀河系で起こったなにかしらの事件と偶然に関係しているのでは？　その事件のために、あなたはできるかぎり迅速に《バジス》で飛んでいく必要があると考えたようですが」ジャヴィアがたずねた。

「違う」テングリ・レトスは断言する。「銀河系への飛行のことはまったく関係ない。わたしはクーラトで手がはなせないのだ」

「もっと上手ないいわけを思いつかないようだな」ロワ・ダントンは落胆していた。テングリ・レトスが真実を語っていないと確信したからだ。レトスは嘘がうまくない。もっともらしく方便をいえないのは、テングリ・レトスのように完璧な人格の持つ欠点である。

しかし、そもそもなぜかれは嘘をつくのだ？　《バジス》をクーラトへ呼んだことをどうして否定するのか？　銀河系の問題はもうかたづいたのだろうか？　もしそうなら、真実をいえるはずだ。

「あなたが自説を変えるつもりがなければ、どうしようもありませんな」と、ジャヴィア。「しかし、われわれに信じろとはいわないでください。われわれにとって問題なのは、あなたではなく、銀河系での出来ごとです。あなたの呼び出しで、銀河系が危険に瀕しているのかと、われわれは少々パニックになった。そのような危険はないと、良心にかけていえますか？　そういってくだされば、われわれは満足なのです」

「八千六百万光年もはなれた銀河系でなにが起こっているかなど、わたしが知るよしもない」と、テングリ・レトス。「この距離では通信も不可能だということは、きみたち自身が知っているはず」

「コスモクラートにはべつのメッセージ伝達方法があります」ジャヴィアが反論した。

テングリ・レトスは硬直した。

「この会話には意味がない」と、レトス。「わたしはケスドシャン・ドームへ帰ったほうがよさそうだ。きみたちはペリー・ローダンの指示にしたがうべきだろう。かれはきみたちにノルガン・テュア銀河を調査するように命じた。それは有意義な任務だ。発見すべきことがまだたくさんあるだろう」

「そのとおり」と、ロワ・ダントン。「われわれ、すこし前に大きな発見をしたばかりだ。巨大な宇宙の構造物にぶつかったのだ。ノルガン・テュア銀河の種族はそれをスラケンドゥールンと名づけていた。〝集合場所〟というような意味らしい。これについて、なにか説明してもらえるか？」

「スラケンドゥールンという言葉は聞いたことがあるが、それに関してはなにも」と、テングリ・レトスがこれまた曖昧な調子でいう。「その集合場所とやらについて語ることはできない」

「では、われわれが説明しよう」ダントンが皮肉をこめて応じる。「それは宇宙物質の雲で、大きさはゆうに二・五光年ある。そこから《バジス》は磁石のように大量の粉塵をひきよせた。粉塵が船の外被を通過して乗員二百五十名に襲いかかると、かれらは《バジス》をスラケンドゥールンの中心に向かわせようとした。われわれはこれらの粉塵人間たちを見捨てるしかなかった。かれらはスラケンドゥールンにとどまったのだ。これをどう思う、レトス＝テラクドシャン？」

テングリ・レトスの肩がびくりとした。

「わたしの責任だとでも、ロワ？」

ダントンはかぶりを振った。

「ただ、われわれが仲間を犠牲にしなければならなかった経緯を話せば、あなたも口を割ってくれるかと思っただけだ」

「わたしにはいえない」ハトル人は暗い声でいう。「ペリー・ローダンからいわれた任務をはたせ、としかいいようがない。きみたちがノルガン・テュアのどこにいても、わたしはきみたちに連絡がつくし、必要があれば連絡する」

「そのほかにわれわれにいうべきことはないのですか?」ジャヴィアがたずねる。

テングリ・レトスは気分を害した。

「なにをいえというのだ。わたしがどんな急務をはたさなければならないのか、きみたちが知りたいと思えばべつだが」

「知りたいですとも」と、ジャヴィア。「ケスドシャン・ドームはわれわれにとり、まだ多くの点で謎です。そのうちのいくつかでも解ければ、好都合なのです」

「急いでいるので」テングリ・レトスが無愛想に応じた。「対応を必要とするドーム管理人の志願者が数名、待っているのだ。また連絡する。では」

テングリ・レトスは、挨拶の返答も待たずに非実体化した。

「行ってしまった」ジャヴィアが茫然とする。

「ドーム管理人の志願者だと!」ロワ・ダントンは批判するように、「見えすいた口実ではないか? なぜテングリ・レトスがあれほど神経質になっていたのか、知りたいものだ。かれはわれわれに、なにをかくそうとしているのだろう?」

「そうとう怪しいですな」と、ジャヴィア。「われわれが知るべきではないなにかが起こったにちがいない。だから、レトスはわれわれをノルガン・テュア探検に送りだすことによって、できるだけ早く追っぱらいたいのでしょう。しかし、わたしはこの考えにはなにか違和感を感じます」

「わたしも、イグマノール星系にのこったほうがいいという意見だ」ロワ・ダントンもデメテルを横目で見ながら同意する。「《バジス》の整備が必要だとか、ハイパートロップでエネルギー吸引するとか理由をつけ、滞在を延ばすこともできるだろう」

ウェイロン・ジャヴィアはにやりと笑った。

「これまでの疲労から回復するため、乗員に休暇が必要だというのはどうですかな」

＊

イグマノール星系での滞在を無期限に延長するというダントンとジャヴィアの提案は、全面的にうけいれられたわけではなかった。乗員のおおかたは、銀河系への出発を催促した。

サンドラ・ブゲアクリスはいう。

「テングリ・レトスがなんといおうと、かれの通信メッセージはわたしたちにとっての警告だったと考えるべきです。ここにとどまることなく、レトスぬきでも帰還しましょう。わたしたちが本気だとわかれば、もしかするとかれも考えをあらためて、乗船してくるかもしれません」

気性のはげしい三十三歳のアルコン人、船内技師のミツェルも、サンドラ・ブゲアクリスと同意見だった。

「ペリー・ローダンが《バジス》を訪れないのには、重大な理由があるはずです。すくなくとも一度は無間隔移動で船内に姿をあらわすくらい、ほんのすこしの時間しかかからないでしょう。ただ状況説明のためのみにやってくるとしてもです。それもしないのだから、われわれも深刻な気分になります。わたしも即刻の出発に賛成です」

ダントンとジャヴィアをのぞく作戦会議参加メンバーの全員が、ミツェルの意見に同意した。

グレイの髪の兵器主任、レオ・デュルクはいう。

「銀河系の不安定な状況は、即刻の帰還の充分な理由となります。ペリー・ローダンが難儀しているのであれば、《バジス》の火力は願ってもない助けとなるのではないでしょうか」

「クーラトから二度めの呼び出しがはいったとき、わたしは勤務中でした」と、デネイデ・ホルウィコワがいう。航法士兼首席通信士でもある彼女は若く華奢で、二メートルをすこしこえる身長のせいで、ほかのたいていの乗員を上から見おろせる。「最初に印象にのこったのは、あのときの必死に助けをもとめる声です。ただちにクーラトへきてほしいというレトスの声は、あまりに強く訴えかけるもので、どんなに急いで銀河系へ飛んでもかれにとっては遅すぎるだろう、と思ったほどです。わたしたちが緊急事態と察したことは、かれも知っているはず。たとえかれがそのような印象を消そうとして、もう関係ないといったとしても、どうにもなりません。だからこそわたしは、かれなしでも銀河系へ出発することに賛成なのです」

「八千六百万光年はひとっ飛びというわけではないぞ」ウェイロン・ジャヴィアは指摘した。「この距離を翔破する前に、われわれもよく考えなければならない。最大で二十億超光速ファクターの速度を有する《バジス》のメタグラヴ・エンジンをもってしても、長い旅になるだろう。故郷惑星の状況が不確実だからといって、パニックにおちいる理由にはならない。出発が数日延びたところで、大したことではない」

かれの言葉のあとには抗議の嵐がつづいた。サンドラ・ブゲアクリスはいう。

「ということは、あなたはテングリ・レトスになだめすかされたわけですね。わたしたち全員の意見を、かんたんに無視するつもりですか？　その鈍感さがうらやましいわ」

ジャヴィアはため息をついて、ロワ・ダントンに助けをもとめるような視線を送った。

「ハミラー・チューブに意見を聞いてみようじゃないか？」ロワ・ダントンは提案した。

「銀河系への帰還は自明のことだ。問題は出発日の決定のみ。この点について、船載ポジトロニクスがわれわれに助言してくれるだろう」

実際に応用できる材料がないのに、ハミラー・チューブが状況を正しく判断できるのかと危ぶむ声も若干あったが、この提案はおおかたの同意を得た。しかし、一方で、ハミラー・チューブは従来のポジトロニクスと比較にならないとわかっている。事実よりも理論にもとづく想定的・演繹的思考能力を有しているのだ。

ウェイロン・ジャヴィアは、銀色に光る操作盤のほうへ行った。高さ四メートル、横八メートルに達するこの箱形装置は奥行き三メートルで、外見はこの種のポジトロニクスとなんら変わらない。

その内側がどうなっているかは、もちろんだれも知らなかった。封印されていて、開けられない。ハミラー・チューブは防御するすべを心得ていて、開封のあらゆる試みは失敗に終わるのである。

ジャヴィアはいかなる任意の場所からでも、通信経由でハミラー・チューブに接続することができた。しかし、今回は直接、本体に照会することにした。

「きみがわれわれの議論を傍聴していたという前提で話すのだが」接続を確立したのち、かれはいった。「どうしたらいいと思う？　ノルガン・テュアをすぐに去り、銀河系へ飛行したほうがいいのか？　それとも、テングリ・レトスの意見が急変した理由を探るべきか？」

「あなたがすでにいったように、パニックになる理由はありません」ハミラー・チューブは心地よく響く声で冷静に答えた。「レトス＝テラクドシャンの奇妙な行動の理由を追求するのはたしかに利があるでしょう。目下、かれが従事していることには、並々ならぬ重要性があると考えられます。深淵の騎士とコスモクラートの関係に関わりがあるはずです」

「ということは、この件、徹底的に掘りさげる価値はあるということか？」ジャヴィアがたずねる。

「ぜったいに」ハミラー・チューブが肯定する。「レトス＝テラクドシャンは、自分の出した緊急メッセージの根拠が解消したことを真実らしく見せられませんでした。すべては、かれがとにかく銀河系への飛行をひきのばそうとしていることを物語っています。銀河系での出来ごとに有利な影響をおよぼせるよう、レトス＝テラクドシャンが手配したのだと仮定せざるをえません。いまかれは、早急な行動が不可能になるような反動をこうむったのかもしれません。この延期にいたった原因がなんなのか、かれが洩らさなかったのは残念ですが、考慮すべきことがひとつあります。だれもが前提としているはずの銀河系の状況をレトス＝テラクドシャンが知っているのにもかかわらず、迅速な出発をこれ以上うながさないのならば、黙ってそれにしたがうべき、ということです」

「うまい論拠だ」ジャヴィアは満足そうにいって、その場のメンバーへ向きなおった。

「テングリ・レトスにならって、われわれも性急な出発は断念しよう。しかし、ノルガン・テュアの調査飛行をつづけろというかれの願いどおりにするわけではない。われわれがじゃまをしたり、秘密を嗅《か》ぎつけたりしないよう、レトスがこちらを追いはらいたがっているのは、あまりにあからさまだ」

「うまくたちまわれなかったので、レトス＝テラクドシャンの意図はかんたんに見すかすことができます」ハミラー・チューブが同意した。「どうするつもりですか？」

《バジス》はクーラトの軌道にのこる」ジャヴィアは長く考えずにいう。「クーラト訪問の許可がおりるかどうか、ようすを見よう。乗員たちがナグダルで何日か休暇をすごすという名目だ。そのさい、レトスの秘密をつきとめるチャンスもあるだろう」かれはデネイデ・ホルウィコワのほうを向いて、《バジス》の乗員たちが二、三日ナグダルへ遊びにいってもいいか、クーラトに問いあわせるようたのんだ。

「いちばん遊びたいと考えているのはあなたでしょう」と、サンドラ・ブゲアクリス。

「そんな態度でいいと思っているのですか？」

「きみは義務感と規律という分野ではわたしよりもいくらか上をいくな」ジャヴィアはにやりと笑って認めた。「それだからこそ、わたしの留守中にきみに司令室を安心してまかせられるのだ。だれに待機任務を割りあてるか自由に選んでいいし、好きに作業チームを構成してくれ。わたしは乗員の反感を買いたくないからな」

サンドラ・ブゲアクリスは、怒りのまなざしで船長を見すえたが、なにもいわなかった。

それからすぐに、デネイデ・ホルウィコワがあらわれ、報告した。

「上陸休暇は確保できました。わたしの問いあわせに、確約がすぐにはいってきました。ナグダルではこれより無期限で自由に滞在していいそうです。担当者は、わたしたちにいっさいなんの制約もないと保証してくれました」

「われわれが個人的な楽しみ以外のことを計画しているとは、どうやらだれも予想していないらしいな」と、ロワ・ダントン。「だが、テングリ・レトスは罪の意識をいだいているかもしれない。それを埋めあわせるため、なにもかくしごとをしていないと、われわれに証明してくるだろう」

3

六歳の息子オリヴァーを《バジス》にのこすため、ジャヴィアにはいくらかの説得術が必要だった。

「われわれのナグダル行きが遊びだというのは、ただの見せかけなんだよ、悪童オリー」かれは辛抱強く説明する。「本当のところは、調査をしたいんだ。それはすごく大変なことで、パパはおまえの面倒を見ていられないんだよ」

「パパとロワは、またケスドシャン・ドーム地下の丸天井の部屋へ行くつもり？」オリヴァーが質問する。

「そうしなくてすめばいいのだがね」父は応じる。

「じゃ、なにが大変なの？」息子はさらにしつこくたずねる。「またプシオンの迷宮にはいりこむかもしれないと思っているの？」

ジャヴィアはかぶりを振る。

「こんどはそんな危険なことはないよ。まったく間違った期待をしているようだが、おまえにとってナグダルでの滞在は、かなり退屈なだけだ」

「でも、どうしてぼくはいっしょに行ったらだめなの？」オリヴァーは納得せずに訊く。

「パパに時間がなければ、デメテルが面倒見てくれるでしょ」

「残念ながら」ジャヴィアはため息まじりにいう。「デメテルは子守りなんてしたくないと思うよ」

「ぼく、自分のことは自分で気をつけられる」

「おまえは《バジス》にいたほうが安全なんだ」ジャヴィアは話を締めくくった。

かれ自身、なぜ息子をナグダルへ連れていきたくないのか、説明できなかった。ふだんのかれはまったくこんな権威主義的ではないし、見たところ、クーラトにはなんの危険もなさそうだ。それでも、おぼろげな感覚にしたがったのである。だから息子に向かって否定的な態度をとったのだ。

乗員一万二千二百六十名のうち、船にのこる待機部隊は百人ほど。そのなかにはサンドラ・ブゲアクリスとならんで、兵器主任レオ・デュルク、通信担当としてデネイデ・ホルウィコワ、搭載艦艇三十隻を送りだす格納庫主任メールダウ・サルコらがいた。

クーラトへ向かう仲間のことを、居残り組はいささか羨望の意味をこめて〝遊覧部隊〟と呼んだ。遊覧部隊のメンバーは、もっと少数の搭載艦艇に乗りこむこともできたのだが、ジャヴィアは、クーラトの宇宙港担当者にある程度の手間をとらせ、息つくひまをあたえないほうが得策だと考えたのだ。なにしろ、この訪問の本当の目的から注意をそらさなければならないのだから。

これまでのところ、クーラトではまだだれも、《バジス》の乗員たちがナグダルで慰安旅行以外のことをしようとしているとは疑っていないようである。

宇宙港から、搭載艦艇を安全に着陸させるための誘導ビームが送られてきた。通信での会話で、ナグダルの全住居セクターがうけいれのためにととのえられ、充分なサービス・ロボットが用意することが約束された。世話人は、ジャヴィアが三次元スクリーンでちらりと見たエスヴァアナーという名のドーム管理人であった。エスヴァアナーは、もうすこし美的印象を加味すれば、充分ヒューマノイドとして通用する顔だちだ。

レオ・デュルクはジャヴィアに、全員がせめてパラライザーを装備するようにと主張したのだが、《バジス》船長とロワ・ダントンは、いかなる種類の武器も放棄するということで意見が一致していた。ふたりは、搭載艦艇の標準兵器も一度たりとも使わないつもりでいた。

追加装備としてジャヴィアが持ってきたのは、強者の言語が記憶されているトランスレーターのみ。これがクーラトでの日常語であったからだ。

ジャヴィアはロワ・ダントン、デメテル、マルチ科学者でオールラウンダーのレス・ツェロンとともに、スペース＝ジェットで飛行した。ほかはほとんど巡洋艦で、その艦長たちだけに計画の背景が知らされていた。艦長たちの任務は、ナグダル市とドーム付近を見まわり、異常がないか警戒することだ。

「ケスドシャン・ドームはどこにあるの？」着陸態勢にはいると、デメテルが訊いた。

彼女は、ほかの者たちと同じように、薄いグリーンのコンビネーションを着用している。ウェイロン・ジャヴィアひとりだけが、タートルネックのセーター、コーデュロイのズボン、ブーツ、洗いざらしの上っぱりという、またもや枠からはみだした格好をしていた。この出動のために着替えるような骨折りをする価値はないと思っているのだ。サンドラ・ブゲアクリスは、この機会を利用して二、三の鋭いコメントをくりだしたが、ジャヴィアは笑うだけでまじめにとりあわなかった。

「あれがケスドシャン・ドームだよ」ロワ・ダントンがウィンガー女性に説明し、ななめに飛行しているスペース＝ジェットの装甲プラスト製キャノピーを通して指さした。

「あのまるい建物が？」デメテルはいささか落胆していった。「本当になかば地面に埋もれた巨大卵のようね。でも、どうしてわたしたちはあそこからずいぶんはなれたところに着陸するの？」

「宇宙港はナグダルから十キロメートル北にあるからです」レス・ツェロンが解説する。

「誘導ビームを解除させましょうか？　そうしたら、町とケスドシャン・ドームの上空を遊覧飛行できますよ」

「いいえ」デメテルはかぶりを振っていう。「それは必要ないわ。あとでドームを訪れ

てもいいでしょう?」

「それはなにも問題ないと思うよ」と、ロワ・ダントン。

スペース=ジェットが宇宙港へ近づくあいだに、かれらはこの広大な発着場には小型宇宙船がたった十一隻しか着陸していないことを確認した。宇宙港のはしにある管理棟は人気《ひとけ》がないように見える。どこにも生き物の気配がないのである。

「なんという場所のむだづかいだ」と、レス・ツェロン。「《バジス》級の宇宙船が二、三隻は充分にとまれるひろさの発着場に、小型宇宙船が一ダースもいない! なぜここがこんなに稼働していないのか、だれか説明してくれませんか?」

「きみはペリー・ローダンの騎士任命式のときにこの宇宙港を見るべきだったよ」ジャヴィアが返答。「それは圧倒的で、ナグダルに訪問客たちが殺到し、文字どおりはちきれんばかりだったのだぞ」

「それにしても、このさびれ方はおかしい」と、レス・ツェロン。「ケスドシャン・ドームの重要性からすれば、ノルガン・テュアからの巡礼者の流れがけっしてとぎれることはないはず。わたしには理解できません。式典があるときには足の踏み場もないほど混みあうのに、それ以外のナグダルはゴーストタウンと化している。たしかに騎士任命式は日常的な出来事ではありませんが。過去千年のあいだにジェン・サリクとペリー

・ローダンの二回しか実施されていない。その前はどれほど昔だったのでしょう？」
ダントンもジャヴィアも、それについてなにもいわなかった。プロジェクターがドームの外殻を鳴動させているときなら、またそういう機会もあるだろうと主張することもできただろうが。しかし、かれらはそれについて頭を悩ますのはやめた。この世界に一歩足を踏みいれた者は、だれもがそのような状態になるのだろう。

かれらはまた、庭園建築家が設計したかのような、あまりに手いれのいきとどいた印象をあたえる町や宇宙港周辺の風景についても、もはやあれこれ考えない。クーラトにはこの文明化区域のほかに技術設備はなにもなく、惑星全体の生態系は画一的で型にはまっていた。クーラトの動植物相は生殖不能で、人工的な印象をあたえる。すくなくとも、太古からの原始的自然を期待している訪問者にとっては。

スペース＝ジェットは、ほかの搭載艦が誘導された正方形の区画からすこしはなれた場所に着陸した。

管理棟からシリンダー形車輛が出てきて、地面の上すれすれのところに浮遊して接近してくる。透明で壊れやすいように見えた。

「歓迎委員会だな」と、ロワ・ダントン。「われわれも拝謁の準備をしよう」

かれらが外に出ると、まもなく透明シリンダーがスペース＝ジェットへと達した。車輛からは、すでに映像通信で《バジス》とコンタクトをとり、エスヴァアナーと名乗ったヒューマノイドのドーム管理人が降りてきた。

エスヴァアナーはデメテルと同じくらいの背丈だが、横幅は倍もあった。膝までとどく二本の腕と、短く太い脚を持ち、くるぶしまであるゆるやかな衣装の下からは六本指の足がつきだしている。ごつい手も六本指だ。頭はまるで風船のようにまるい。感覚器官は、ようやく目鼻や口や耳がわかる程度で、それらがつねに位置を変えている。そんなわけでジャヴィアはこの〝顔〟を見て、不意にピカソの絵を思いだした。

「ようこそクーラトへ」ドーム管理人がななめにかたむいた口で挨拶する。「わたしはメンデル人のエスヴァアナー、百十六名いるドーム管理人のひとりです。あなたがたのナグダル滞在中、身のまわりのお世話をするよう、レトス゠テラクドシャンからたのまれました。わたしのほかに、ロボット数百体もひかえています」

エスヴァアナーは透明シリンダーの後部を指さした。ロボット四体が乗っている。それらは長さ一メートルの細いT字形をしており、からだじゅうのさまざまな高さに一連の機器類と連結アームをそなえていた。

「これらを使おうが使うまいが、お好きなように」と、エスヴァアナーがつづけた。突然その唇が曲がり、目の部分にしわができて、両目がぶつかりそうになるほど顔のまんなかによったため、メンデル人が斜視になったように見えた。かれは心配そうにたずねる。「わたしのいっていることがわかりますか？」

「とてもよくわかります」ジャヴィアは答え、トランスレーターを指さした。「われわれ四人、意思疎通がスムーズにいくようにこのような機器を携行していますから」

「それはよろこばしい」と、エスヴァアナー。「ではこちらへ。ナグダルへ行き、宿泊先に案内しましょう。あなたがたの必要に対応できるだろうということで、そこを選びました」

ジャヴィアは、ほかの乗員たちはどうなるのかと訊きたくてしかたなかったが、そのとき管理棟から透明シリンダーの長い隊列が浮遊してきた。目を凝《こ》らして見ると、生物ではなく、あの支柱のようなロボットだけが車輛を操作しているのが確認できる。

それでかれは質問したい気持ちをおさえ、同行者三人のあとについて浮遊シリンダーに乗りこんだ。車輛が動きだしたとたん、ロワ・ダントンがドーム管理人にたずねた。

「エスヴァアナー、きみはドーム管理人から除外されたので、われわれのために時間を割《さ》いてくれるのだろうか」

「どうしてそんなことを思いついたので？」メンデル人が驚くと、鼻と口の位置がいれかわった。「わたしはまだドーム管理人としてのつとめをはたしたいと思っています」

「きみは若者にドーム管理人の職を譲るべき世代に属すると思ったが」ダントンが軽くいう。「ドーム管理人の志願者たちはきっと、早く自分たちのポジションを確保したいと熱望していることだろう」

「そのような話はまったく聞いたことがありません。この話題は終わりにしましょう。不毛ですから」

「そうか。忘れてくれ」ロワ・ダントンはそういうと、ジャヴィアと意味深長な目くばせをかわした。

ウェイロン・ジャヴィアは理解してうなずいた。エスヴァアナーは知らないうちに、ドーム管理人志願者に対応しなければならないと主張したテングリ・レトスの嘘を証明したのだ。

ロワ・ダントンは話題を変えて、エスヴァアナーにナグダルでの保養や娯楽について質問した。ドーム管理人が夢中になって町の設備を自讃しだすと、ダントンは巧みに話題を切りかえ、誘導尋問で話を聞きだそうとした。しかし、エスヴァアナーはつねに答えを避け、すべてのことに懇切丁寧に回答するようプログラミングされたサービス・ロボットたちにまかせた。

ちょうどかれらがナグダルにはいったとき、サンドラ・ブゲアクリスが通信連絡してきた。彼女は、着陸直後に連絡するという約束をジャヴィアがはたさなかったことに文句をいった。

「こちらではすばらしい歓迎をうけていてね、サンドラ」ジャヴィアが挑発するような調子でいう。「ドーム管理人たちは、われわれを盛大にもてなしてくれている。でもこれはまだ序の口だ。ナグダルの魅力についていろいろと見聞したら、またくわしく報告するから。まずはこれから休暇の快楽にふけるぞ。もしわたしに連絡がつかないときは、信用のおけるエスヴァアナーに訊いてくれ」

ジャヴィアはにやりとして接続を切った。

「おそらく不完全な翻訳のせいだとは思いますが」と、エスヴァアナーは感覚器官をせわしなく動かしながらいう。「そんな大きな期待をされても困ります。人類の快楽に必要なものすべてをわれわれは用意できません。でも、骨休めと元気回復はナグダルでたっぷりとできるでしょう」

「それで、これからなにをしたらいいかしら?」デメテルがたずねる。

「ケスドシャン・ドームはいつでも開いています」エスヴァアナーが応じる。

デメテルはその答えに満足した。

透明シリンダーは皿状建物の前でとまった。次々とほかのシリンダーも到着し、べつの建物の前で停止する。

「ここがあなたがたの宿泊施設です」ドーム管理人は説明する。「この建物は複数の部屋に分かれているので、ひとりずつ使ってかまいません。ロボットになんでも訊いてください。では、わたしはこれで、あとはロボットにまかせたいと思います。もちろん、なにかあったらいつでもお問いあわせください」

「もうひとつだけ、質問があるのだが」と、ロワ・ダントン。「ナグダルには、われわれ以外にもお客がいるのか？」

「若干名います」エスヴァアナーが答える。「いずれも人類ではありません」

「そのほうが興味深い」と、ダントン。「どうやったらコンタクトがとれるかね？」

エスヴァアナーは答えを少々ためらった。自分の言葉にある種の恥ずかしさを感じるかのように、感覚器官の半分を顔のしわのなかにかくしながら、ようやくいった。

「ナグダルにくる訪問客の外見がさまざまであるように、かれらの礼儀や習慣もさまざまですので、よその方々とは公共の場でのみ接触するようにお願いします。それ以外のことはすべて、プライバシーの侵害とみなされることもあります」

「その基本原則はかならず守ろう」ダントンが約束する。

「ご理解に感謝します」と、エスヴァアナーは満足そうにいって、六本指の足を踏み鳴らして歩いていった。

＊

ビーザンは、自分がこれまでなしとげたことが、すべて裏切られたという気持ちになった。あらゆる感覚がふたたび消えてしまった。レトス＝テラクドシャンの指示により、立方体は反重力フィールドで運びさられ、あいていた建物に閉じこめられた。

その実用的な建物は、ケスドシャン・ドームの周囲に建ちならぶドーム管理人の宿泊施設と似ているが、町へ向かう道のなかほどにあり、完全な空き家となっていた。

立方体が閉じこめられるやいなや、ビーザンのなかでなにかが死にたえた。自分の感情を発熱器官に移行させることもできず、なにをためしても冷たいままだ。

ケスドシャン・ドームで長時間ひきこもって瞑想しても、なんにもならなかった。立方体の近くでうけた感覚をとりもどすことができない。そこではじめて、あの根源的な高揚感をもたらしたものがなんであったのか、明確にわかった。

ケスドシャン・ドームは、それからもかれには冷たいままだった。

立方体から出る放射があの感情の高まりをひきおこしたのだ。だが、それがビーザンを意のままにしたのはあまりにも短い時間だった。コジノがかれを強くする力をあたえ、完全な価値のある生物であるという感情をもたらしたのである。

いまやビーザンはふたたび以前と同じみじめな気分になった。かれには深い感情を感じる能力が欠けている。精神は麻痺しており、なんの感受性も持ちあわせていない。からだは冷たいままで、自分の体温もコントロールできない。

不完全な生物であり、エフィデ族の基準に満たないだけでなく、ノルガン・テュア出身のあらゆる知的生物のなかの異端者である。

かれが触角で見、聞き、嗅ぎ、味わうものは、立方体がかれの心に啓示されたものの影の部分にすぎなかった。

なのにいま、立方体が奪われてしまった。だからビーザンは裏切られたように感じている。

しかし、かれはこれに甘んじようとは思わなかった。

ビーザンは立方体を運んだドーム管理人たちを観察して、それがどこにかくされたかを見た。そのさい、かくし場所がドーム管理人二名によって見張られていることをつきとめた。それからというもの、ビーザンは大部分の時間を、その建物と周囲を調べることに費《つい》やした。見張りは室内にもいて、外に出ることはない。日暮れになると、式典マスターのラダウトが交代の見張りとともにやってきた。入口の鍵を持っているのはラダウトだ。

レトス＝テラクドシャンの姿はなかった。最初ビーザンは、かれがこの建物を避けているのだと思っていた。しかし、ドーム管理人二名の会話を聞いて、レトス＝テラクドシャンはいつも建物内部に実体化していることがわかった。

ビーザンはただひそかな観察で満足しただけではなく、もっと踏みこんだ。体裁をつくろうために毎日ケスドシャン・ドームに通いつづけ、ドーム管理人たちと懇意になり、かれらと会話をかわしても怪しまれないほどになった。

そのようなわけで、ビーザンがベルクス、スカルヴィア、ラノールらとくわしい話をしても、とくに目だつこともなかったのだ。丸天井の部屋におりて立方体を持ちかえってきたドーム管理人三名である。

ドルドン人のスカルヴィアはビーザンと同様、立方体のおかげで強く勇敢になった。

サッソナーのベルクスは反対に、立方体の影響で弱虫になった。

そしてラノールは、完全に錯乱状態となった。

だが、立方体との距離ができて、三名の状態はまた通常にもどっていた。ベルクスとラノールはそれに満足していた。しかし、ビーザンは、スカルヴィアもそうであるとは思わなかった。

それで、かれは内緒話をしながらドルドン人を懐柔しようと試みた。ところが驚いたことに、スカルヴィアは立方体の力を自分に役だてようという気はまったくなかったのである。かれは失った強さを惜しむこともなく、ビーザンにいった。

「コジノは有害な影響をあたえる。気をつけるんだ、ビーザン。あの戦士の強さは祝福された力ではない」

ビーザンは、自分がこのドーム管理人を信用したことを悔しく思った。これからはもっと慎重にしなければならない。

ビーザンのもくろみはただひとつ、どうにかして立方体を利用すること。それができたあかつきには、立方体内部にかくされているものを自分のなかにとりこめるだろう。

ビーザンは、ただそれだけを考え、計画を何度も練った。しかし、どれも実行不可能だったので、またすべてを棄却した。

「おっと、ビーザン！」聞きおぼえのある嫌悪感をもよおす声が上から聞こえてきた。「もうすこしでつまずくところだったよ。ここで地面を這いまわって、なにをやっているのだ？」

オグフォル人のゴシャールが、ビーザンの上で膨《ふく》らんでいた。骨ばった四肢と空気嚢がグロテスクな対照をかたちづくっている。

「ここでなにをしている？」ビーザンはゴシャールをどなりつけ、自分が熱くなるのを感じた。しかし、この体温上昇は、激怒から生じたもので、なんの意味もない。かれは発熱器官をポジティヴな感情で制御しようと努力したが、失敗に終わった。

「怒りすぎて燃えつきるなよ」ゴシャールはなだめるようにいうと、短いリズムで空気をぬき、前肢で跳躍する体勢にはいり、いつでも逃げられる状態でつづけた。「わたしは嘘をつくつもりなど毛頭ないし、偶然ここを通りかかったというつもりもない。きみがあちこち歩きまわって、怪しげな夢物語を未練がましく追っていることは、ナグダルでもう公然の秘密となっている。ドーム管理人たちさえ知っているんだ……」

「失せろ！」ビーザンは声を押し出し、脅すように触角をひっこめた。

「ま、そういうな！」ゴシャールは叫んだ。「わたしはきみを助けたいだけだ。いいニュースがあるんだよ。きみの計画に力を貸せそうな人物を知っている」

「なにも聞きたくない」と、ビーザン。「オグフォル人にたよる気はないんだ」

「そんなことにはならない」ゴシャールは断言する。「わたしの情報は無料だから。人類の一団が宇宙船でやってきたことを知っているか？　ナグダルで何日か休養するようだ。そのなかのひとりに、深淵の騎士ペリー・ローダンの息子がいる。きみも任命式に列席しただろう。ただ、そこでなにも感じなかったわけだが……」

「黙れ！」ビーザンは話をさえぎる。ひと息ついてから、つけくわえた。「そんなことはとっくに知っている。自分になにが起こっているかも。だからなんだというのだ？」

「それなら、多くのテラナー、とくに深淵の騎士の息子が、休暇のかたわらケスドシャン・ドームで起こったある出来ごとについて調査することも知っているんだな？」

「そんなのは、わたしにはなにも目新しいことではない」ビーザンはいいはり、好奇心を気づかれないように、発声器官以外のすべての触角を縮めた。「そのような噂には関わりあわないのだ」

「わたしはごまかされないぞ、ビーザン」ゴシャールはあざけるようにいう。空気を吸いこみ、何度も音をたてながら、ふたたび空気をぬいた。「きみはわたしに見返りをもとめられたくないので、知ったふうをよそおっているだけだ。でも、きみにはなにも要求するつもりはない。ロワ・ダントンに要求するさ。わたしとしては、精神的に不完全なエフィデ族よりもテラナーのほうがよっぽど期待できる」

「できるものならやってみろ！」ビーザンは喧嘩腰でいう。「よこしまな計略で深淵の騎士の息子をわずらわせるような、大それたことがきみにできるものか」

しかし、そのときオグフォル人は前肢で大きな跳躍をして、すでにそこからはなれていた。遠くからゴシャールの呼び声が聞こえる。

「ロワ・ダントンはこの助言について永久にわたしに感謝するだろう！」

ビーザンはゴシャールがケスドシャン・ドームの方角へと消えたのを見たが、とくになにも考えなかった。かれは自分のかくれ場をあとにし、ナグダルへと向かった。人類がある種の情報に本当に関心を持つか、見きわめる価値はあるかもしれない。

＊

デメテルは、ケスドシャン・ドームの入口に立ったとき、躊躇《ちゅうちょ》した。妻の決断に影響をあたえないように、ロワ・ダントンは背後に立っていた。彼女は、ドームのなかへはいるかはいらないかを、ひとりで判断すべきだ。

ダントンはすでに気づいていたが、デメテルはこの場所にひかれている。彼女の目ざめとなんらかの関係があるからだ。

デメテルはためらいがちに一歩を踏みだして、なかにはいった。ダントンはすぐにはあとにつづかず、待っていた。

不意に、ある出来ごとが思いだされた。いまではすでに十カ月前となる当時、デメテルは夫に、どうしてもいっしょに《バジス》で出発したいと懇願したのだった。彼女は、地球からはなれないと、一年以内に老婆になってしまうといいはった。ダントンが《バジス》で妻といっしょに航行するためにすべての準備をととのえていたところ、デメテルは失踪した。発見されたとき、彼女は自分のつくった神殿のなかで昏睡にも似た深層睡眠状態で横たわっていた。ダントンは彼女をそのままの状態で《バジス》内に運び、ノルガン・テュア銀河へと出発したのであった。

その状態はずっと変わらず、ダントンはもうすこしで、デメテルがふたたび生へと覚醒するだろうという望みをすべて捨てるところだった。

しかし、だれも予想しなかった瞬間、デメテルは昏睡から目ざめた。それはケスドシャン・ドームでペリー・ローダンが深淵の騎士に任命され、式典が最高潮を迎えたときのことだ。デメテルは惑星軌道にいる《バジス》にとどまっていたにもかかわらず。

偶然を信じるのはむずかしい。デメテルとケスドシャン・ドームにどのような関係があるというのか？　彼女自身、答えることができない。しかし、彼女は、ケスドシャン・ドームがその答えをあたえてくれるのではないかと、ずっと願っていた。

デメテルの過去は闇につつまれている。ペリー・ローダンの推測によると、彼女はずっと以前のあるときクーラトにきたのでは、とのことだった。かなり大胆な想像ではあるが、一度クーラトにきたことのある者で、感受性を持つ生命体なら、銀河じゅうにおよぶケスドシャン・ドームのプシオン性鳴動を感じるということか？

デメテルはドームの内部にはいった。

そのあとにようやくロワ・ダントンはつづいた。黙ったまま、彼女に好きなだけドームの天蓋を眺めさせた。デメテルはゆっくりと見あげ、視線を迫力あるアーチの上にはしらせている。そして目を落とし、入口の対面にある壇上を見つめた。細部にいたるまですべてのものを、文字どおり自分のなかに吸収しているようだ。それから視線をはなし、何重にもならぶ簡素な木のベンチの列を見まわした。

彼女の顔は無表情のままだった。

ダントンはそれ以上黙っていられなくなり、たずねてみた。

「なにか思いだした？」

デメテルは質問にまったく反応しない。

「ここに一度きたことがあるという感じがするか？」こんどは急《せ》きたてるように訊く。

デメテルはかぶりを振った。

「わたし……わからないわ。ロワ、目眩がするの。外に連れだしてちょうだい」

デメテルがよろめいたので、ロワはすばやくその腕をつかみ、外へ向かった。アーチ形の入口の下で彼女の足がとまった。一瞬、もう一度ひきかえしたいように見えたが、彼女は身をひきしめ、意を決して外へ出た。失意で肩を落としている。

「わたしにかくしごとはしてないな?」と、ダントンはたずねたが、いいおわらないうちにこの言葉を口にしたことを後悔し、急いでいいそえる。「あるかもしれない関連について考えすぎないほうがいい。たぶん、そんなものはまったくないのだ」

「たぶんね」その声は沈んでいた。「とても期待していたのだけど……またこの次にしましょう」

ダントンはデメテルにいいたかった。これ以上ドームのことを考えるな、ここにまたこようと思うな、と。しかし、その話題は出さないほうがいいと考えた。

ふたりはナグダルへ帰る途中、ひと言もかわさなかった。一度、ダントンは自分の左側でなにかが動いたような気がしたが、そのことはそれ以上気にとめなかった。

最初の皿状建物に到着し、遠くの通りから騒音が徐々に近づいてきたとき、ダントンは大きな破裂音に驚かされた。かれは音が聞こえた方向に急行した。

そこでは、いままで明らかにうずくまっていたらしい一生物が起きあがろうとしていた。角ばったからだと、細長いトカゲ頭を持ち、頸からしわだらけの袋がぶらさがっている。長い前肢を前方へ曲げ、後肢は開いたままだ。その姿勢がダントンにはなんとなく、なにかをうかがっているように感じられた。

「おや、これは人類の方々!」トカゲ頭が、頸の空気嚢を膨らませて、言葉のリズムにあわせてからだを小刻みに動かしながら話しかけてきた。強者の言語を使っている。

「あなたが深淵の騎士ペリー・ローダンの息子、ロワ・ダントンですか?」

「わたしがロワ・ダントンだ」ローダンの息子がいう。「で、きみは何者なのだ?」

「それは光栄に存じます」と、トカゲ頭はいいながら、からだをさらにかがめた。「わたしはオグフォル人のゴシャールと申します。わたしの住まいもナグダルにあります。おふたりと同じ道を行きますので、同行してかまいませんでしょうか?」

「かまわないが」ダントンはいった。デメテルにつつかれたことには気がつかない。彼女は明らかにひとりになりたかったのだ。彼女がすぐに建物ふたつのあいだに姿を消したので、それがはっきりわかった。ダントンは妻を追おうとはせず、オグフォル人のほうへ向き、訊いた。「きみはもうクーラトには長いのかね?」

「わたしは、あなたのお父さまが騎士に任命されたさい、その場に臨席していました」と、ゴシャール。「あれはまたとない経験でした! 言葉につくせませんよ! 参列者のだれもが忘れることはないでしょう」

ダントンはその言葉にうなずく。

「どうしてきみはまだここにのこっているのだ?」と、ダントン。「なぜほかの訪問者たちのように、故郷惑星にもどって同胞に自分の経験を伝えないのか? それがノルガン・テュアでのしきたりではないのかね?」

「われわれオグフォル人は独自の種族でして」ゴシャールは答える。「早急な移動を好まず、気にいる場所があればそこに長く居留するのです」

「このところ、ナグダルではかなり退屈だったのではないかと思うが」と、ダントン。

「すべての訪問者がクーラトを去ってから、本当のゴーストタウンになっただろう」

「とんでもない」ゴシャールはいいかえし、空気嚢を膨らませた。「いろいろな楽しみも充分ありますよ。あなた自身、ケスドシャン・ドーム地下の丸天井の部屋にはいったのですから、あそこでさまざまな驚きが体験できることをご存じでしょう」

「きみもポルレイターの地下施設に行ったことがあるというのか?」ダントンがたずねる。

「わたしが?」オグフォル人は空気嚢から破裂音をたてながら空気をぬいた。つづける声が震えている。「行くはずありません! ですが、式典マスターたちは調査部隊を派遣しました。しかもレトス゠テラクドシャンがみずから指揮したそうです」

「なぜそのような危険な調査を計画したのか不思議に思うのだが」と、ダントン。「レトス゠テラクドシャンはなにをしたかったのだろう?」

「丸天井空間からなにかを回収したかったのかも」ゴシャールは意味深長にいう。

「たしかなことか?」

「そういう噂があるのです」ゴシャールは返答すると、からだの大きさが三倍になるまで徐々に皮膚のしわを伸ばしながら膨らませた。「それによれば、あなたがたの到着のすこし前に、丸天井空間から地表へなにかが運びだされたようです」

「なにが運搬されたのだ？」ダントンが期待してたずねる。

「信じられませんな」ゴシャールが驚いたふりをしていう。「レトス＝テラクドシャンが、深淵の騎士の息子にかくしごとをするなんて。それとも本当に知らないのですか、ダントン？」

「たぶんレトス＝テラクドシャンはわたしにいうのを忘れただけだろう」ダントンはこともなげにいう。「べつに意味のないことだからな」

「そう、そうですよ」ゴシャールも肯定する。「でも、もし気が変わるようなら、そのことについてもっとくわしく知る者とひきあわせてあげましょう。もちろんなんの見返りももとめませんよ」

「なにを考えている？」ダントンが質問する。

オグフォル人は目を見開き、独特のいいまわしでこういった。

「あとでほんのちょっと好意をしめしてくれればいいんです。でも、いまのところはまだなにも義務はありません。よく考えてください。のちほど連絡します」

この言葉とともに、オグフォル人はうしろを向いて、前肢の力強い跳躍で建物のあいだに消えていった。

ダントンには、そのうしろ姿に呼びかける間さえなかった。かれは少々落胆し、オグフォル人がまたすぐに連絡してくることを願った。

4

ウェイロン・ジャヴィアは、いつのまにか〝Tロボット〟という名称が定着したサービス・ロボットの一体から、いろいろと聞きだそうと試みていた。

このマシンたちはたいてい後方にしずかにひかえていて、いわれた命令に対して反応した。意思疎通するためには、トランスレーターを使わなくてはならないのはいうまでもない。インターコスモがプログラミングされていないからである。《バジス》乗員の調査を難航させるため、テングリ・レトスがインターコスモを意図的にはぶいたのではないか、と、憶測されるのも当然だろう。

ジャヴィアは共同の宿舎にひとりのこっていた。レス・ツェロンには、ドーム管理人たちから情報を聞きだす方法を、搭載艦の艦長たちに伝授する任務があった。ロワはデメテルとともにケスドシャン・ドームへ向かっているところだった。

「ケスドシャン・ドームでは前回の式典以降、なにが起こったのだ？」そうたずねると、部屋のすみで浮いたままじっとしているTロボットが即座に作動して手足を動かしたので、ジャヴィアは、ロボットたちが優先順位によってグループ化されているという印象を持った。そのロボットは機器類のついたアーム数本をとりこみ、かわりに把握手のついたアームを出すと、通信装置をとりだして、強者の言語でいった。

「ケスドシャン・ドームは式典のあと、ふたたび思索の時期にはいりました。ふだんいつもそうであるように」

ジャヴィアが詳細な説明をもとめると、ロボットは抒情詩のようなまわりくどい表現で、ドーム管理人たちが休息時間にいかにして瞑想と議論をしながら、式典マスターや〝ドームそのもの〟とすごしているかを描写した。話はいつも、ケスドシャン・ドームの維持についてや、監視騎士団の目的のことばかりだ。〝最後の深淵の騎士が死んだら、すべての星々が消えさる〟からだという。

ジャヴィアはそろそろあきらめかけてきた。ロボットは決まり文句しか話せないようにプログラミングされているのだ。くわえて、ジャヴィアの食事に関する個人的要望には応えようとしたが、それ以外のことに関しては使い物にならなかった。

「すこし脚をほぐしてくるとしよう」と、ジャヴィアは決めた。

「この建物のなかには、フィットネスルームもあります」Tロボットが説明する。「全身トレーニングがいいですか、それとも本当に脚のケアだけですか?」

「すこしナグダル市を見てくるという意味でいったのだ」ジャヴィアはいらだっていっ

た。「もっとはっきりといおう。わたしは散歩に行きたいのだ。きみの同行は必要ない。スイッチを切りなさい」

ロボットはすみへとひきさがり、そこで浮遊しながらとどまった。

ジャヴィアは皿状建物をあとにし、ナグダルの町を散策した。いたるところで《バジス》の男女に出会ったが、かれらは例外なくナグダルの状況に苦情を訴えた。

かれらの不満は、なにも楽しめるものがないことか、宿泊施設が人類のニーズに適合していないことかのどちらかだった。数人は、町のかなりの部分が立入禁止だと批判するのだ。ノルガン・テュアに住む他種族の生活について、もっと知りたいという関心がある。Tロボットが注意を喚起したタブーはあまりに多く、やがて《バジス》の乗員たちは、なんならばしていいのかを見つけだすことに苦慮するようになった。

搭載艦女艦長のひとりであるジャニス・スセルピオンは次のように表現した。

「ナグダルで羽を伸ばしたい人は、精神を深めるほうが身のためだとわかるでしょう。かといって、精神的価値を追求し、見識を身につけたい人も、ここでなにかの情報を得られることはまずなく、ノルガン・テュアの種族には配慮されるべきさまざまなタブーがあるのだと気づかされます。博物館のようなものもありません。いろいろな種族のことをくわしく知りたいと思うならば、かれらの故郷惑星を訪ねてまわるしかありません。まさにテングリ・レトスの提案のように。ここの人々は、わたしたちのナグダル滞在を歓迎してないかのようでもあります」

「きみはドーム管理人たちと話したのか？」ジャヴィアが問う。

ジャニス・スセルピオンは否定するように手を振り、

「話したというより、ほとんどわたしがひとり言をいったようなもの。レトスは管理人たちに手をまわしたようです。これで、かれがなにかかくしていることが、よりはっきりしました」

そのあとすぐ、ジャヴィアはデメテルに会った。彼女はロワといっしょにケスドシャン・ドームに行ったが、夫がある未知生物と知りあったので、別行動しているという。

「ケスドシャン・ドームには、なぜベンチがあるのかしら？」デメテルはとほうにくれた声でいって、ジャヴィアを面食らわせた。

「あなたがまさかそんなことに疑問をいだくとは」かれは驚いていった。

「だってほら、ベンチって簡素で、どちらかというとヒューマノイド向きに見えるもの。でも、ノルガン・テュアのなかに、人類に類似した種族はほんの少数しかいないわ。いったい、あのベンチはだれのために設置されたのかしら？」

「興味深い疑問ですが」と、ジャヴィア。「もっと重要なことがあるでしょう」

かれはデメテルを宿舎まで連れていった。そこでかれらはレス・ツェロンに会った。

垂れ頬のせいで〝シマリス〟のあだ名をつけられたネクシャリストは、かなり興奮しているようだった。

「興味深い生物と知りあいました」と、報告する。「エフィデ族という種族の一員で、名をビーザンといいます。ビーザンは、ペリー・ローダンの騎士任命式に参列するためにクーラトへきて、きょうまでのこっているのです。このエフィデ族がわたしに密告したことには、テングリ・レトスとドーム管理人や式典マスターらは、われわれの到着する前まで、非常に精力的に活動していたそうです」

「それで？」ジャヴィアはたずね、光る両手をすりあわせた。それはかれのいらだちをあらわす唯一のしるしである。「なかへはいろう。そのほうがおちついて話せる」

「だめです」レス・ツェロンは拒否した。「テングリ・レトスが盗聴しているかもしれません。わたしが報告することは、かれに聞かれてはまずいので」

ジャヴィアは、デメテルがそこからはなれて、皿状建物内の宿舎に消えたのを認めた。

「なにをつきとめたのだ？」ジャヴィアは訊く。ツェロンがキルリアンの手に魅了されたかのように見つめているのに気づき、手をさげた。「夢でもみているのか、シマリス？」

「ビーザンは、レトスがケスドシャン・ドーム地下の丸天井空間から箱をひとつ、ひきあげさせたといっていました」ツェロンが報告する。「それがなんなのか、エフィデ族は漠然とほのめかしただけですが、どうもポルレイターの遺産で太古の武器らしいのです」

「それはきみの憶測にすぎないんじゃないのか？」ジャヴィアがたずねる。

「憶測以上のものです」ツェロンが主張する。「ビーザンは〝戦士の力〟と明言しました。つまり、戦士であると同時に武器でもあるなにかです。ビーザンは、それが保管されている場所にわれわれを案内すると提案してきました」

「承諾したのか？」

「考える時間をもらうことにして、落ちあう場所を決めてきました」と、ツェロン。「なによりビーザン自身がそれに興味を持っているのは間違いありません。だから、わたしも慎重になりました」

「ロワと話そう」ジャヴィアは決めて、携帯ヴィデオカムをつかんだ。ロワ・ダントンに連絡がつくまでに時間はかからなかった。

「ことは展開していくと思う」ジャヴィアがツェロンの話について説明すると、ダントンはいった。「ビーザンの話は、いくつかの点でまんざら嘘でもないと思われる。わたしもいま、同じ方向をしめす手がかりを追跡しているところだ。わたしの接触者はゴシャールといって、文字どおり虚勢で膨らんでいるやつだ。だが、それはどうでもいい。これで、レトスのおかしな行動の説明がいくつかつくだろう」

「わたしの見方はこうです」と、ジャヴィア。「テングリ・レトスは、ペリー・ローダンと地球を救うために《バジス》で出発しようと思った。この目的に向け、ポルレイター の武器のひとつを調達して自分の力を強化するため、調査部隊を丸天井の部屋に送った。しかし、それは一部しか成功しなかった。なにかがうまくいかなかった……その武器が使い物にならなかったか、それともあまりに潰滅的な影響力を持つものだったか……それで、かれはわれわれを追いはらおうとしているのではないでしょうか」

「わたしもまったく同意見だ、ウェイロン」ロワ・ダントンが同意する。「わたしにはもう一点、なかなか思いきっていえないことがあるのだが」

「なんです、いってくださいよ」ジャヴィアがあと押しする。

「レトスは、どんな救援ももう遅すぎるという見解に達したのではないだろうか」と、ダントン。

「わたしもそれは考えました」と、ジャヴィア。「しかし、それでもあきらめられません。いちばんいいのは、あなたがここへきて、いっしょにそのビーザンとやらを訪ねることです」

「時間がない」ダントンが返事する。「ゴシャールがちょうど連絡してきた。ついてくるようにとのこと。行くつもりだ。きみたちがわたしを追跡できるよう、方位信号を送る。以上だ」

「どうも気にいらない」ジャヴィアはそういうと、接続の切れたヴィデオカムをじっと見て、「ロワを見捨てるようなことにならなければいいが」

「ビーザンとの約束はどうします？」ツェロンが訊いた。

「きみにまかせる」ジャヴィアが裁定する。「搭載艦長のひとりと意思疎通をはかるのだ。艦がいつでも出発できる態勢をととのえておいて損はないからな」

＊

ダントンは、オグフォル人の空気嚢からはなたれる破裂音を追って、ナグダル市の一角にたどりついた。そこから町はケスドシャン・ドームに向かって馬蹄形に開いている。

ここまできてようやくオグフォル人の姿が見えた。

「わたしをどこへ連れていく気だ、ゴシャール？」ダントンは不審げにたずねる。もしこの瞬間パラライザーを携帯していれば、もっと安心できただろう。しかし、危惧するのはばからしいと自分にいいきかせた。クーラトにいる自分になにが降りかかるというのか。未知生物に対する根拠のない偏見のせいで惑わされているのだ。

「われわれはこの町から出なければ」と、ゴシャールが空気嚢から空気を押し出し、風音をたてながらいう。興奮しているようだ。「ケスドシャン・ドームへ行く途中に落ちあう場所があります。あなたを友とひきあわせましょう。かれはすべての秘密について知っています。約束したとおりです。あなたも約束を守ってくれるでしょうね？」

「なにを期待している?」ダントンが、おもに前肢で大股に歩くオグフォル人を追いかけながらたずねる。

「わたしの種族にはたいそう古くからの慣習がありまして」オグフォル人が説明する。

「業績をなしえたなら相応の代償を期待するというものです。オグフォル人が善行を積めばそれだけ、友が増える。多くの友が謝意をあらわせばそれだけ、その者はより大きな尊敬をうけることになる」

「きみに謝意をあらわしたいとは思うが」ダントンは不愉快そうにいう。「とにかく、わたしになにを期待しているのかいってくれ」

「たいしたことではありませんし、きょうあすの話でもありません」ゴシャールは答える。「いつの日かあなたに、わたしに借りがあることを伝えます。そのときにあなたは約束をはたす、つまり返礼することを承諾してくれさえすればいいのです。それで友情協定は完璧です。わたしと契約を結びますか?」

「わたしはまもなくノルガン・テュアを去るのだ」ダントンは思案した。「そのような約束を守れるかどうか、わからない」

「それはわかっていますよ」ゴシャールはすこしいらいらしていた。ひっきりなしに収縮する空気嚢を見ればわかる。「ただ、この協定は象徴的な意味が強いととらえてください。もしあなたがわたしに借りをつくりたくないと思えば、そういってください。そうであればわれわれ、この件は忘れましょう」

ゴシャールは立ちどまって、トカゲの目でダントンをじっと見つめた。

「わかった」と、ダントンはいった。「返礼しよう」

「その言葉を聞きたかったのです」ゴシャールの声が突然かすれた。短い後肢を曲げてからだをかがめると、長い前肢を伸ばし、ダントンの肩に乗せる。その三本指の鉤爪からインパルスがからだのなかに送られたようで、ダントンは変にちくちくする痛みを感じた。

「あそこの建物を見てください」ゴシャールがつづける。オグフォル人がしっかりとつかんで麻痺させているため、ダントンは身動きがまったくとれない。「あのなかにレトス＝テラクドシャンは、丸天井空間から回収した宝物を保管しています。コジノという名の立方体で、恐るべきものです。近くにわたしの友ビーザンがいます。あなたはかれと同盟を結ぶこともできますが、わたしに義務を負っている。あなたは自由意志でそうしたのですよ。わたしは自分の約束をはたしました。次はあなたの番です」

オグフォル人は、ダントンの肩への圧迫を強めた。そのトカゲ目と視線をかわした瞬間、ダントンは呪縛にかかってしまった。遠い彼方から聞こえてくるようなゴシャールのささやき声を耳に感じる。

「おまえはわたしに恩義がある、ロワ・ダントン、深淵の騎士の息子よ。わたしへの負い目があり、わたしに依存している。わが願いを叶《かな》えれば、自由になれるぞ。もう宇宙船には帰らず、わたしの従者としていたるところへついてまわれ。わがオービターとなるのだ！　わたしのいうとおりにしろ、ロワ・ダントン！」

オグフォル人の最後の言葉がまだ消えないうちに、突然ひとつの影があらわれ、トカゲ生物に向かって突進した。

だれかが警告の叫びをあげた。オグフォル人の鉤爪からつきはなされ、ダントンは朦《もう》朧《ろう》としてうしろへよろめいた。麻痺はなくなったが、精神はまだ混乱していた。二体の生物がからみあって、地面の上でとっくみあっているのが見える。ゴシャールがあおむけになり、骨ばった手足を必死にばたつかせた。もう一方の生物は、ゴシャールにおいかぶさっている。不定形の肉塊のような生物で、冠状にならぶ触角があった。その触角をゴシャールの上に、まさに鞭《むち》のごとく打ちつけている。

オグフォル人の息の根がとうとうとまったとき、その生物は相手からはなれ、立ちあがった。触角数本をもとに戻すと、のこりの触角をダントンのほうに向けた。

「わたしはエフィデ族のビーザンです」未知生物がいう。「あなたはもうゴシャールに隷属していません。悪党のオグフォル人は死んだ。あなたは自由です」

ジャヴィアとレス・ツェロンがあらわれたとき、ダントンはまだ放心状態であった。

ダントンはふたりから、ここがビーザンとの待ちあわせ場所であることを聞かされた。

「ゴシャールを殺す必要があったのか？」ダントンが訊く。意識はだんだんとふたたび明瞭になってきた。

「でなければ、あなたはかれの隷属からけっしてぬけだせませんでした」ビーザンが返答する。「オグフォル人はだれもが、できるだけ多くの従者をつくろうと熱心なのです。そのことを知らない者は不快な驚きを経験することになる。わたしはあなたをそれから守ったのです」

「おちついてくれ、ビーザン」ウェイロン・ジャヴィアはそういうと、手をエフィデ族の冠状触角のすぐ下にあてた。

ビーザンは驚いてわきへ跳びのき、叫んだ。

「その恐ろしい手でわたしに触れないでください！　すべての熱が奪われてしまう」

「わかったよ、ビーザン。きみの近くにはよらないから」ジャヴィアはなだめるようにいい、キルリアンの手を背中にかくした。「では、なぜわれわれをここへ呼びだしたのか教えてくれ」

ビーザンは触角で、かれらの前方にある一戸の建物をさししめした。

「あそこにコジノという立方体が保管されています。ドーム管理人二名が見張っていますが、このあとすぐ日没時に、式典マスターが交代の見張りを連れてきます。あなたがたは、見つからないようにかくれていてください」

かれらはかくれ場に身を伏せ、待った。ビーザンは、自分とウェイロン・ジャヴィアのあいだにロワ・ダントンとレス・ツェロンがはさまるようにした。

＊

《バジス》の船長は不思議に思った。通常は鎮静力のあるキルリアンの手が、なぜエフィデ族には反対に作用するのか。それとも、この生物にとって内心の不安や焦《あせ》りは必要なもので、あらゆる種類の鎮静を不快と感じるのだろうか？

ジャヴィアは、ビーザンがオグフォル人に襲いかかって殺したときに介入しなかったことで、自分を責めた。キルリアンの手を使えば、突如としてエフィデ族に芽ばえた攻撃本能をおさえられただろうと確信している。しかし、ビーザンの突然の攻撃性はどこからきたのだろう。オグフォル人との対立という説明では充分とはいえない。

恒星イグマノールが地平線に沈んだ。

「きました！」ビーザンがささやき、ケスドシャン・ドームの方角から建物に近づく三つの影を、一本の触角でさししめした。「式典マスターはまたラダウトですね。かれに同行してきたドーム管理人二名はだれなのか確認できません」

ジャヴィアはラダウトに見おぼえがあった。この八本足のシュコイデがペリー・ローダンの騎士任命式を指揮したのだ。かれに同行している二名は地面までとどくローブに身をつつんでいた。

「なんのためにあんなカムフラージュを？」ロワ・ダントンが理解できずに訊く。

「たぶん、テングリ・レトスは見張りがだれかわからないようにしたいのでしょう」レス・ツェロンはいいながら、ビーザンとの待ちあわせのために万全を期して携行したコンビ探知機を操作した。「きっと、われわれが交代のドーム管理人から、なにを見張っているのか聞きだすのがいやなんです」かれは機器の表示に目をやりながら満足そうにつけくわえた。「ともあれ、両ドーム管理人の個体振動を保存しました」

三名は建物のなかへと消えていった。式典マスターのラダウトがふたたび姿をあらわすまでにたいした時間はかからなかった。かれのあとを交代した見張り二名が追う。同じようにローブで身をおおっていた。

「どうやって立方体に接近するか、あれを見てアイデアが浮かんだぞ」ロワ・ダントンがいう。「われわれのなかのふたりがローブを着て見張りになりすませば、式典マスターのラダウトに送りこませられるのでは」

「それにはおよびません！」レス・ツェロンがはげしい調子でいう。「ラダウトとともに建物から出てきた見張り二名は、先ほどなかにはいった二名と個体振動がぴったり一致します。つまり、かれらは同一人物なのですよ」

「ということは、見張りはまったくいないと？」ロワ・ダントンは驚いた。

「立方体は監視されていないのです」ビーザンが肯定する。「わたしも、ラダウトといっしょにかくし場所にはいったドーム管理人たちがまた出てきたと気づいてはじめて、それがわかりました。あらかじめいうこともできましたが、あなたがたをためしてみようと思ったのです。あなたがたは正真正銘、わたしのパートナーです」

「しかし、テングリ・レトスはいったいなぜ見張りを置かないのだろう？」ウェイロン・ジャヴィアが不思議がる。

「かれは自分の宝をひとり占めしたいのです」ビーザンが応じる。「ほかのだれにもコジノの力を堪能させたくないんですよ」

「きみ自身もそれを狙っているのか？」ロワ・ダントンがエフィデ族に問う。「この共同作業に、なにをもとめているのだ？」

「他の者はわたしのことを、精神的に無感覚で深い感情を感じとる能力がないといいます」ビーザンが説明する。「わたしは先の任命式で、ドームの鳴動をまったく感じなかった。そのことでひどく悩んでいます。でも、偶然に立方体の近くにきたとき、すみずみまで力に満たされるのを感じました。そして、この力のみがわたしの精神を強くし、欠けているものをあたえてくれるのだと思いました」

「きみは立方体を自分のものにしたいのか？」ロワ・ダントンがさらに質問する。

「いいえ、あれはあなたがたに属すべきものです」ビーザンはきっぱりいい、その声には嘘がなさそうだった。「わたしはただ、立方体のそばにいたいだけです。あれはあなたがたのいいようにしてください。わたしはただ、その場に立ちあえればいいのです。ゴシャールのような魂胆はなにもないことを誓います」

「かくし場所について、ほかにきみの知っていることは？」ウェイロン・ジャヴィアがたずねる。「テングリ・レトスはほかの保安策も講じているのか？」

「あの建物のなかには入口のわからない部屋があって、そのなかに立方体は安置されています」ビーザンが解説する。「ドアはなく、天井からしかなかへはいれません。立方体は、そこから反重力フィールドを使って部屋のなかへ運ばれたのです。あなたがたも同じ方法で奪うことができます」

「それは盗みをそそのかすものだ」ウェイロン・ジャヴィアが怒ったふりをしたあと、にんまりしてつけくわえた。「しかし、そそられるアイデアでもあるな。どう思いますか、ロワ？」

「テングリ・レトスはわれわれに知られないようにしているが、銀河系にどんな土産を持っていくつもりなのか知りたいね」と、ダントン。「リスクはそれほど大きいようには思えないから、やってみるべきだと思う」

「ご要望どおり、搭載艦長のひとりに待機を命じました」と、レス・ツェロン。「クインシー・ボードがスタンバイしています。ただし、スペース＝ジェットのほうが目だたないだろうと思いますが」

「それは立方体の大きさによるだろう」ウェイロン・ジャヴィアがいう。

「一辺の長さは、あなたがたの身長の二倍はないでしょう」と、ビーザン。「大きすぎますか?」

「いや、スペース＝ジェットのキャパシティで充分たりる」ウェイロン・ジャヴィアが答える。「よし、シマリス、クインシー・ボードに知らせてくれ。われわれもそのあいだに、実物を近くから眺めてみよう」

かれらはかくれ場を出て、特別な注意をはらうことなく、一戸建ての建物へ接近した。それはなんの飾りもないブンカーのような建物で、ななめにはりだした擁壁《ようへき》でかこまれていた。その壁はなんなくよじのぼれそうだった。

レス・ツェロンは、インターカムでスペース＝ジェットと連絡をとった。一行が建物に到達すると、かれは伝えた。

「クインシーがただちにスタートしました。まもなくここにくるでしょう」

「荷をうけとれるように、反重力プロジェクターを配置すべきだろう」と、ウェイロン・ジャヴィア。「一辺が三メートルほどのさいころだというが、重さはわからないからな」

レス・ツェロンは、ふたたびスペース＝ジェットと通信をつないだ。そのあいだに、ビーザンはななめに出っぱった擁壁をよじのぼり、たいらな屋根にあがると、全員くるように手まねきをした。ウェイロン・ジャヴィアを先頭に、ほかの者たちもつづく。ビーザンは一辺が五メートルの屋根の中央にある正方形のくぼみを指さし、

「開き戸になっています。これを開けるだけでいい」

ウェイロン・ジャヴィアが縁の隆起を調べてみたが、かくされたしかけのようなものは見つからなかった。

「立方体にたどりつくためには、手荒い方法で屋根を開けなければならないかもしれない」と、ジャヴィア。

「まずわたしにやらせてください」レス・ツェロンが要求し、探知機で屋根の開き戸を探った。中央を調べていると、はじめて計器の針が振れた。「ここが二枚のスライド扉をつないでいるエネルギー錠です。エネルギーを遮断するのはそれほどむずかしくないはず。しかし、われわれはスペース＝ジェットの到着を待たなければなりません」

「部屋のなかでテングリ・レトスに出くわしたら、なんといおうか」ウェイロン・ジャヴィアがたずねる。

「そのときは、すぐにすっかり白状してしまおう」と、ロワ・ダントン。

衛星のないクーラトの夜空にようやく円盤の影があらわれる。それがほとんど無音で建物の上の反重力フィールド上に降下するまで、永遠の時間がかかりそうに思えた。

レス・ツェロンは通信を介して操縦士に指示をあたえ、スペース＝ジェットを屋根の二メートル上空で静止させた。反重力シャフトの貨物用ハッチが開く。反重力シャフトの出入口から、薄いグリーンのコンビネーション姿の女があらわれた。

「デメテル！」妻を見て、ダントンの口から思わず驚きの声が漏れた。「どうしてきみが乗っているんだ？」

「《バジス》にもどるつもりだったのだけど、クインシー・ボードにスペース＝ジェットをとられたの。これがご所望のエネルギー走査機よ」彼女はそういってレス・ツェロンに不格好な機器を手わたすと、ロワ・ダントンへ向きなおり、「ケスドシャン・ドームにはがっかりしたわ。それで、この〝闇の極秘作戦〟ってどういう意味なの？」

ロワ・ダントンは彼女に説明した。

「やった！」そのすぐあと、レス・ツェロンが叫び、屋根の隆起のところまでもどった。かれの足もとが動いている。扉二枚がスライドしてひっこみ、正方形の開口部ができた。六メートル下には、ほの明るい光が見える。

「コジノだ！」ビーザンが、奇妙に変化した声でいう。

ジャヴィアが観察すると、ビーザンはすべての触角を一メートル以上めいっぱい伸ばし、それが痙攣《けいれん》するように小刻みに動いていた。

「あれはなんなの？」デメテルが心配そうに訊く。

ジャヴィアはデメテルをおちつかせようとその肩に片手を乗せたが、彼女はそれを振りはらい、ダントンの腕のなかへ逃げこんだ。

「わたしを艇内へ連れていって」彼女がたのむ。「恐いわ。なにか目に見えないものに脅迫されているような気分なの」

「コジノ！」ビーザンがふたたび声を震わせた。

「きみたち、わたしがいなくとも大丈夫だろう」ロワ・ダントンは妻とともに反重力シャフトにはいった。「テングリ・レトスに気づかれる前にすばやくやるのだぞ」

「了解。反重力プロジェクターのスイッチ・オン」レス・ツェロンが通信機に向かっていう。「回収作業開始」

ウェイロン・ジャヴィアは開口部からあとずさった。ビーザンは変にねじ曲がった格好で立ち、触角を長く伸ばしたまま小刻みに震わせていた。ジャヴィアはかれをおちつかせるために、自分の手を乗せたい強い欲求に駆られたが、エフィデ族の反応を懸念した。

「ゆっくり、ゆっくり！」レス・ツェロンが号令をかける。「もうすこし左に。それでよし。持ちあげろ！」

開口部に、角がいびつになった銀色の面があがってきた。

「急げ……全力で！」レス・ツェロンが命令する。「やったぞ」

立方体が開口部からすっかりその全貌をあらわした。このとき、ジャヴィアははじめて、これが正確な正六面体ではないことを認めた。ゆがんでいて、角度もまったく直角ではない。

「もとのかたちではないはずだ」ジャヴィアがレス・ツェロンに向かっていう。「どう思う、シマリス？　だれかがわざと、このようなかたちにしたように見えるのだが」

「《バジス》でよく調べたいですね」ネクシャリストが答える。「わたしの意見はそれからです」

「よくわからないのだが……」ジャヴィアがいいかけたが、その先はつづけなかった。なんらかの疑念を表明したところで、早まったこと。見方によっては遅すぎるだろう。

銀色の塊りはスペース＝ジェットの貨物用エアロックに消え、ハッチが閉まった。

ビーザンもこれでようやく緊張が解けた。

「やりおえました」かれは安堵していった。「さ、われわれ全員、早急にクーラトから脱出しなければ」

「きみもいっしょにくるのか？」ジャヴィアが驚いてたずねた。

「約束したじゃないですか」と、ビーザン。「わたしもコジノのそばにいていいと。ゴシャールの死で、わたしはクーラトから追放されるでしょう。でも、深い感情を持てないかぎり、故郷へ帰ることもできません。あなたがたに同行するしかないんです」

「わたしはかまわない」ウェイロン・ジャヴィアは承諾し、全乗員にクーラトからの出発を命じた。しかし、かれはこの銀河を出る前に、エフィデ族をどこかの惑星で降ろして宇宙航行させるつもりだった。

*

立方体は、何重にも防御されたラボできびしい保安対策のもとにおかれた。調査する専門家たちは防護服を着用しなければならず、さらにエネルギー・フィールドで保護された。立方体に触れることはいっさい禁止された。あちこちにある立入禁止区域を通過してべつの側に行く者は、一連の検査に耐えなければならなかった。

ウェイロン・ジャヴィアはスクリーン上で隔離セルのなかを見守っていた。レス・ツェロンとそのチームとは、密にコンタクトをとっている。

これまでの調査結果は、このうえなく乏しいものであった。

「わたしはすこし休憩する」レス・ツェロンの声がスピーカーから響く。「この調子ではどのみち進展がないだろう」

スクリーンには、ツェロンが検査機器のスイッチを切るようすがうつしだされた。それから助手の科学者たちのほうを向き、これからなすべき手順を命じている。

その多くは専門用語で、ジャヴィアには理解できない。

「かれらはなにをしているのです？」ジャヴィアと観察室にいたビーザンがたずねる。「コジノを殺してしまうようなことは、やってはいけません」

「なにか生き物のことを話しているようなもののいい方だな」とジャヴィア。「立方体はいったいなんなのだ？　戦士なのか、それとも武器なのか？」

ジャヴィアにとっては、どちらも想像しがたいものだった。これまでの結果からは、それらのどちらにもあてはまらないように思えた。しかし、ビーザンはいった。

「コジノは永遠の戦士であると同時に、究極の武器なのです！」

そのとき、ロワ・ダントンとデメテルが観察室にはいってきた。

「なにか進展があったかと聞くまでもないようだな」と、ダントン。「やはりテングリ・レトスに知らせたほうがいいかもしれない」

「まずはシマリスの報告を待つことにしましょう」と、ジャヴィアがいう。「テングリ・レトスと話すときに、ばかみたいに突っ立っていないですむよう、われわれもいくつかの手がかりを得ていたほうがいいでしょう」

デメテルは無言でスクリーンに見いっていた。そこでは科学者と技術者たちがさまざまな方法で、立方体の秘密を解明しようと試みているさまがうつしだされている。

「開けてください」ビーザンが専門家たちに、まるで呪文をかけようとするかのようにいう。「立方体を開けてください！」

「つまり、あのなかが空洞だと考えているのか？」ロワ・ダントンがたずねる。

「そのとおり！」その声は出入口の方角から響いてきた。ちょうどレス・ツェロンがはいってきたのだ。ネクシャリストは疲れはてているようすだった。十五時間ぶっ通しで調査を主導していたので。「われわれ、いびつなさいころがなんの素材でできているか、まだ特定できないのですが、その比重はわかりました。総重量から考えて、立方体が鋳造物でないことはたしかです。空洞になっているか、なにかもっと軽い物質がつまっているかのどちらかしかありません」

「それをたしかめることはできないのか？」ロワ・ダントンが問う。

「立方体は透視できないのです」レス・ツェロンがあきらめたように答える。「各種の走査ビームを用いても、いちばん表面の層すら通過できません。ましてや内部を透視するなど、いうにおよばず。全体が粉々に崩壊してしまう恐れがありますから、分析用試料さえ採取できないのです。われわれは、すくなくとも、立方体に独自の静力学が働いていることはつきとめました。基本的には触れてはいけないし、触れるとしたら生卵のようにあつかわなければなりません」

「えらく時代錯誤な話に聞こえるな」と、ダントン。

「あのさいころそのものが時代錯誤なのです」ツェロンが応じる。かれはモニターのほうへ行き、ダントンにもくるようにもとめた。ツェロンがいくつかキイを操作すると、ゆがんださいころのコンピュータ映像がスクリーン上にあらわれた。

「これは立方体のシミュレーションです」ネクシャリストが説明をくわえる。「われわれはあらゆる手段を使って測量し、最終的数字を算出し、それをもとに考えられるさまざまなモデルをつくりました。あの物体がかつては正六面体であったと仮定し、このシミュレーションがもっとも実物に近いとするならば、その変形のようすにもとづき、不安定ゾーン……いってみれば、とくに弱い部分を推定できるでしょう」

ツェロンがふたたびボタンを押すと、立方体のコンピュータ映像が各ゾーンに細分化された。いくつかの個所にぼやけた光点が見える。

「かいつまんでいうと」ツェロンがつづける。「考えられる不安定曲線を作図したわけです。ぼやけた光点は危険個所であることをしめしています。もしそれらの個所に圧力をかけたら、なにが起きるかわかりません。つまり、立方体が粉々になったり、爆発したりするかもしれない。ただ、いちばん新しくわかったことによれば、立方体を開けてなかを見られる可能性が出てきます」

「それはおおいに期待できそうだな」と、ダントン。

「さて、どうですか」ネクシャリストは考えこんでいう。「クルミを割るようにいけばいいのですが。まったくなにもしないという選択肢もあるわけで、そちらにも気をひかれます。わたしは思いきって決断をくだせない。しかし、ひとつたしかなことは、それでは前に進めないのです」

かれはジャヴィアに意味ありげな視線を投げかけた。

「わかっている」《バジス》の船長はため息をついていった。「わたしが決断する」

「開けてください」ふたたびビーザンが申し出る。「立方体を開けてください」

「もしかしたら、これは運命の示唆《しさ》なのかもしれないな」と、ロワ・ダントン。「わたしは躊躇なく決断するぞ。立方体が粉々になれば、いずれにせよ無価値になるだけだし、爆発したとしても、いまから恐れる必要があるだろうか？　隔離セルはあらゆる不測の事態にそなえて充分な防護を施してあるはず」

「よし、わかりました」と、ジャヴィア。「やってみましょう」

レス・ツェロンが通信を使って、ラボからの退去を指示した。スクリーン上では、科学者たちが次々と退室するようすが見える。しかし、調査を中断したかれらが立入禁止区域の外へ出るまでには、さらに十五分かかった。

レス・ツェロンはそのあいだに、ゴーサインが出たらすぐに開始できるよう、実験手順をプログラミングした。

コンピュータ画面に十字線で表示されているエネルギー・プロジェクターを、遠隔操作で動かす。立方体とのあいだにはられていた防御バリアを切る。それから照準装置の微調整をし、プロジェクターを据えた。

ネクシャリストは、コンピュータ上で十字線が光点のひとつにぴたりと重なるまで正確に狙いを定めた。そうしてようやくプロジェクターのスイッチをいれた。

エネルギー・ビームが立方体に放射されると、観察室では全員が思わず息をつめた。スクリーン上ではなにも見えず、点射によって各種ビームが生じたことが機器から読みとれたのみであった。

はじめはなんの反応も確認できなかった。しかし、突然、ビームのシャワーが浴びせられた光点の周囲が赤く燃えだした。ツェロンはただちに放射を中断した。燃焼はおさまったが、そのかわり銀色の外殻のその個所が透明になった。

すると突然、その透明部分が立方体の一面上に爆発的にひろがった。透明部分は虚無に溶けてしまったかのようになり……立方体の内部があらわになった。

「なにもない」静寂のなか、レス・ツェロンがいい、怒りに震える声で叫んだ。「ちくしょう、空っぽとは！　信じられない」

ウェイロン・ジャヴィアは横目で機器を見、それらのすべての数値がゼロにとどまっていることを確認した。

「そう深刻になるな、シマリス」親しみをこめていうと、ネクシャリストの肩に両手を置いた。「違った事態になったかもしれないのだし。これですくなくとも、われわれをここにひきとめるものはなくなったわけだ。これからすぐに帰郷の途につく。異議はありますか？」ロワ・ダントンのほうを向いて訊いたが、返事がなかったのでヴィデオカムに向かった。「よろしい。それではサンドラに出発を命じるとしよう」

ジャヴィアが司令室との連絡をつける前に、スクリーンが明るくなり、サンドラ・ブゲアクリスの姿があらわれた。

「おい、サンドラ、わたしの心が読めるのか？」かれは啞然としていう。

「わたしは読めませんけれど、たぶんレトス＝テラクドシャンは」と、女副長。「かれが司令室のわたしのところへあらわれて、すぐに銀河系へ出発するようにと要請しました。その理由は直接あなたに伝えるそうです」

サンドラ・ブゲアクリスが画面から消え、テングリ・レトスのエメラルド色の肌をした顔にいれかわった。

「わたしが前回の会見時にいったことはすべて忘れてくれ」ハトル人が説明する。「あれは口実以外のなにものでもなかった。それについての弁明はあとでするつもりだ。いまはただ、《バジス》がわたしを乗せて銀河系へ出発することのみが重要なのだ。ペリー・ローダン、地球、銀河系全体がわたしを必要としている」

「扉は開いています、レトス」ジャヴィアが返答。「われわれ、あなたがいなくても、いずれにせよ出発するところでした。ただ、あなたの再三におよぶ意見の変更を不思議に思っています。立方体が関係しているのでしょうか？　立方体が空《から》だったのは、それが原因なのですか？」

「なんだと？」ハトル人の顔がひきつった。そこには湧きあがる恐怖の色が刻印されている。「きみたち、もしかして立方体を開けたのか？」

テングリ・レトスがスクリーンから消えた。ウェイロン・ジャヴィアが振りかえると、ハトル人はすでに観察室に実体化していた。無言でスクリーンのほうへ行き、側面が開いて内部が空洞の立方体を凝視している。

「きみたち、これにどんな意味があるかわかるかね？」レトス＝テラクドシャンは、一同を見ることなく質問した。「かれは脱出したのだ」

「だれのことだ？」ロワ・ダントンがたずねる。「立方体は、われわれが開けたときには空だったのだが」

「だれのことかって？　ポルレイターの戦士、コジノだ」

「もうすこしくわしく説明してもらえるか？」と、ロワ・ダントン。

テングリ・レトスは慎重にうなずき、いった。

「それでは、似ていない姉弟、ヴォワーレとコジノの話をしよう……」

5

ヴォワーレとコジノの姉弟は、男と女から生まれたのではない。それに類する異種の性を持つほかの生物から生まれたのでもない。

かれらはより高次の結合により生まれた。

両親の素質をそっくりうけついでいるのだ。

ふたりのうち、どちらがより価値高い資質を持っているかと争ったさい、ヴォワーレは自分のことを次のように述べた。

「わたしは全種族の良心である。ポルレイターの魂であり、道徳と倫理である。成熟し精神的にすぐれたこの種族の善良なるものとポジティヴなものすべてが、わたしのなかで一体化している。わたしはポルレイターの本質そのもの。なぜならば、ポルレイターがその発展の最高潮のときに持っていたとてつもない潜在能力から、最高に強い統一体を分けあたえられたのだから。わたしは愛であり、善である。生命というものを知る最高価値の顕現である。わたしなしには、なにも存立しない」

これに対し、コジノが応酬する。

「わたしは全種族の闘魂である。わたしはポルレイターの戦士。戦いそのものであり、前進を追求する力であり、征服者であり革命児である。そしてわたしは現実でもある。あなたはたんなる夢想家にすぎない。愛と慈悲深い理解では、ネガティヴな力を打ち負かすことも、あらためさせることもできない。生命とは、はじまって以来、つねに戦いである。そのなかで善良なるものは、邪悪なものに対して、それ自身だけでは存在しえない。火は火で制す、それがわたしのやり方だ。わたしは激情であり情熱である。わたしは目ざめているが、あなたは夢みている。あなたは脆弱だが、わたしは屈強である。あなたは偶然の産物である二次的事象だが、わたしはポルレイターが意識的に生み出した一次的な力である。なぜならば、ポルレイターはその存在の高みにおける無限の英知のなかで、わたし……つまり、すべての悪とネガティヴな力に対抗する戦士……なしでは、なんの存続もないと認識したからだ。わたしはあなたの対極として創造された。ポルレイターの存在を確立するには、あなただけでは弱すぎる」

永遠の戦士コジノはそう語った。攻撃精神と、いっさいのものに対する深い怒りと、かたくなな憎悪に満ちて。

これに対し、ヴォワーレは応答するすべを心得ていた。

「目のくらんだ者よ。おまえはものごとをよくわかっていない。わたしはおまえを許そう。そうしなければならないのだ。おまえにとってはだれもが敵であり、だれにとってもおまえは敵。おまえはポルレイターさえ制圧しようとし、脅しつけ、かれらの発展をさまたげ、阻害している。おまえは悪にたちむかう戦士ではなく、ポルレイターがそこから脱却したかったすべての悪とネガティヴな力を自身のうちにいだいている。文字どおりわたしとは正反対の鏡像体。わたしが維持しようとするものを打ち負かしてしまう」

ヴォワーレは巧みに思慮深く語った。種族全体のポジティヴな力の集結である彼女は、似つかぬ弟よりも真実をよく認識していた。彼女の性質は感覚をひろくするものであったから。

「種族の良心であるわたし、ヴォワーレは、ポルレイターが誘惑に屈するようなことがあればふたたび正しい道へもどすため、創造された。ポルレイターは、自分たちがネガティヴな力に屈し悪路におちいったとき、わたしが誘導的に介入できるようにした。わたしはポジティヴなメンタル力として、まさに意識的に創造されたのだ。その反対に、おまえは偶然にできた子供で、望まれないのに生をうけた。こびりついたすべての悪とネガティヴなものから、ポルレイターが身を清めようとしたときに生じた。この清めの過程を終えてはじめてポルレイターは、すべての偉大で成熟した存在にかけて、どれほどネガティヴなものが自分たちの身に染みついていたかわかったのである。コジノよ、おまえがそれほど力強く支配的になったのは、ポルレイターが多くの権力をあたえたからではなく、自分たちの根源的な動物的本能から解放されたかったからだ。かれら自身がいちばん愕然としている。おまえがこのような戦士になりえるなどと、そもそも思っていなかったのだから。だが現にいま、おまえは存在し、ポルレイターはおまえとともに生きなければならない。とはいえ、おまえは制御下におかれている。自由に動けないこの事実は、ポルレイターがおまえを必要としないなによりの証拠ではないか？　かれらはおまえを恐れ、ともになにかをなしとげたいと思っていないから、抑留したのだ」

コジノは応じる。

「あなたもわたしと同じく、自分の檻《おり》のなかにとらわれている。ポルレイターは種族の弱さの産物であるあなたのことを恥じているのだ。ポルレイターがあなたを排除しないのは、その弱さが自分たちのなかにも流れていることを恐れるからにすぎない。それを自分にあてはめてみたら、わたしはいずれ、かれらの生存競争に力を貸すために呼ばれるだろうことがわかる。わたしはポルレイターの存続を確約する戦士なのだ」

ふたりの似ていない姉弟は、こうやっていがみあった。

真実はどうなのかというと、ポルレイターはヴォワーレもコジノも意識的に生み出したわけではない。ふたりはどちらも偶然の産物であり、その存在が生じたのは、ポルレイターが進化のある特定の段階にはいったときであった。

ポルレイターは、自分たちが持つ善良でポジティヴな性質のパラメンタル化身であるヴォワーレを容認した。

そして同じく、自分たちに内在する邪悪でネガティヴな価値観から派生したコジノも容認した。

ポルレイターはふたりを分離して、封印した。ポルレイターはヴォワーレを、いつの日か自分たちが高慢な感情に襲われたとき、正しい道にひきもどしてくれる主導力として必要となる場合のために保持した。

しかし、ポルレイターは夢想家ではなかった。かれらは現実を無視しない。

それでかれらはコジノも確保しておいた。どんなすばらしい武器も機能せず、究極の力が必要となるような危急のさい、自分たちの生の目的を追求できるようにするために。この最終的兵器が、永遠の戦士コジノである。

コジノが解放され、制御がきかなくなる危険性は、これまで一度もなかった。すくなくとも、ヴォワーレがいたあいだには。ポルレイターの良心であり魂であるヴォワーレがいるかぎり、コジノは柵でかこわれていたのだ。

どれほど高次の秩序から生まれた存在であっても、ふたりはたがいに密にからまりあっていた。かれらは似つかぬ姉弟というよりも、正反対の双子であった。

一方はもう一方なしでは生きられない。愛が憎しみを目ざめさせるように、憎しみがしばしば愛に変わるように、ヴォワーレとコジノは天秤《てんびん》のごとく釣りあっている。だが、ヴォワーレがいなくなると、コジノをひきとめる力がなくなり、立方体のかたちも維持できなくなるのだ。

ポルレイターの戦士は自由を手にいれるだろう。

＊

語りおえたテングリ・レトスは、開かれた銀色の立方体がさまざまな角度からうつしだされているスクリーンを指さし、忌まわしそうにいった。

「いまやコジノは自由になった。それは、なにか恐ろしいことがヴォワーレの身に起こったという明確な証拠だ。そうでなければ、コジノは牢獄から脱出することはできないはず」

「なぜそれがかならず、ヴォワーレになにか起こったということになるのだ？」と、ロワ・ダントン。「コジノは、セト＝アポフィス要素がクーラトの地下施設で暴威をふるったさいに解放された可能性だってある。いびつになった立方体こそが、セト＝アポフィス要素がなにか細工した証拠ではないか？」

「たしかに」テングリ・レトスは認める。「しかし、立方体をひきあげたとき、コジノはまだ牢獄のなかにいたという証拠があるのだ。立方体を回収したドーム管理人三名は、明らかにコジノの影響をうけていた。きみたちの前にいるビーザンも同様だ。かれがうけた影響を述べさせるといい。わたし自身、立方体を調査して、コジノがつい最近までここに閉じこめられていたという結論にたどりついた」

「なぜわれわれは影響をうけなかったのでしょう？」ウェイロン・ジャヴィアが問う。

「ポルレイターの戦士はすでにクーラトで自由の身になっているのかもしれない」ダントンがおおいに期待しているようにいう。

「その可能性もある」レトスが同意する。「しかし、それを信じずに、コジノが船内にいると思ったほうがいいだろう」

しばらく沈黙が支配したのち、ジャヴィアが言葉を発する。

「それをどうやって確認できるのでしょう？」

「わたしはポルレイターの戦士の能力についてくわしく知らない」テングリ・レトスは認めた。「だが、《バジス》全体を制御下におけるほど強力だということはたしかだ。われわれ全員を殺すことも、自分の傭兵にすることもできるだろう。まだそうなっていないということは、反証にはならない。おそらく、かれはわれわれの運命をもてあそぶつもりだろう。警戒しなければならないぞ！」

「つまり、われわれ、つかみどころのないものを相手にしなければならないということ」ロワ・ダントンが概括する。「悪の化身である不可視の戦士は、われわれの脳内に忍びこむかもしれない。あるいは、その力で船を支配するかも……」

「ハミラー・チューブだ！」ウェイロン・ジャヴィアが割りこんで叫ぶ。一同の目がいっせいに向けられると、つけくわえた。「一連の調査をしているあいだ、ハミラーは連絡してこなかった。なんの故障も起こしてないのに、ハミラーのスイッチがはいることはなく、わたしの呼びかけにも反応しなかった。きわめておかしなことです」

だれかがなにかをいう前に、聞きなれた心地よい声が告げた。

「こちらは船載計算脳」だれも作動させていないのに、ハミラー・チューブの声がスピーカーから響く。「もしお許しいただけるなら、わたしからご説明したいのですが」

「ようやくきたか」ジャヴィアが非難がましくいう。

「しばしようすを見守るため、これまで黙っておりました」と、ハミラー・チューブ。「状況の全体像を見わたしたかったのです。僭越《せんえつ》ながら、わたしはこれまで以上に賢くなりました。ポルレイターの戦士コジノは、わたしにとっては幻影でしかありません」

「それは、きみがかれの存在を信じないということか？」ジャヴィアが問う。「かれは《バジス》内にいないと？」

「それに対するいかなる答えも、まったくの憶測となるでしょう」ハミラー・チューブは返答する。「ポルレイターの戦士に実体がないことはたしかです。しかし、行為を目に見えるものにするため、活動体を手にいれようと狙ってくるかもしれません。われわれは、コジノの潜在力をはかる技術的設備をまったく持ちあわせていません。かれは現実に対する絶対虚無のようなふるまいをします。それでもわれわれは、かれをその行為で見きわめることができるでしょう」

「あまりに謎めいて聞こえる」と、ロワ・ダントン。「具体的な質問をしたい。きみには、なにかに影響されているという感覚があるか？」

「それは保証できます」と、ハミラー・チューブ。「わたしは超自然的な力に起因するような影響はまったくうけていませんし、コジノについても感じられるものはありません。ただ、そういうことがこれから起こるだろうとは予測しています」

「きみはわれわれに最大の希望をあたえてくれるね、ハミラー」ジャヴィアは皮肉たっぷりにいう。「では、ポルレイターの戦士を制圧するのに、なにか提案があるか？」

「ありません」簡潔な答えが返ってきた。「わたしには、経験値がまったくありませんから。このことをいいたかったのです」

「こりゃまた本当に乏しいご提案で」ジャヴィアはハトル人へ向きなおり、「あなたからは、ポルレイターの戦士にそなえうる具体的な提案を期待できるでしょうか？」

「いかなる生命体にも、いくらかのヴォワーレとコジノがひそんでいるもの」と、ハトル人がいう。「コジノが優勢を獲得するか、注視することが重要だ。しかしながらこれは、各自が自分で見わけるしかない」

「では、諸君」ロワ・ダントンが皮肉なユーモアをふくませ告知する。「各自が自分のなかの悪党から目をはなすな。自己保存のためにはそれ以外ないからな」

*

ビーザンは割りあてられたキャビンへと向かった。そこで自分が監視されることはわかりきっていたが、それでもかまわなかった。かれはよそ者であったし、コジノに心ひかれていることを公然と認めていた。それだけでも当然、疑わしいのだから。すくなくともかれは、自分がいたるところで不審がられていると思いこんだ。その疑念がせめて正当なものであれば、さしつかえなかったのであるが。

ビーザンはコジノの力をもとめ、その力にあずかりたかった。そのためには自分の身を挺《てい》してもいい。しかし、コジノはかれになんのサインも出してくれない。もしかすると、戦士は本当にクーラトにのこったのかもしれない。

イグマノール星系からのスタートを、ビーザンは《バジス》の巨大な司令室で体験した。人々はビーザンが同乗していることを気にとめてないようだった。ことによるとかれらにとっては、自分が近くにいたほうがむしろよかったのかもしれない。

《バジス》の乗員たちとはじめて出会ったさいは、全員が同じ出自の人類だと思ったが、時間がたつうちに識別できるようになった。テラナー、アラス、アルコン人、エルトルス人の微妙な違いや、乗員の名前もわかってきた。しかし、かれらはみな同じ銀河系の出身で、ビーザンだけがノルガン・テュアの出である。だが、かれはそのせいでよそ者なのではなく、人類ではないから異質なのだ。

しかし、ビーザンは自分がひとりぼっちではないことを願った。

イグマノール星系を脱すると、メタグラヴ・エンジンが作動した。これで巨大船をハイパー空間へ突入させ、光速の数億倍まで到達させるのである。

ウェイロン・ジャヴィアは多くの乗員を通常任務からはずし、そのかわり警備を担当させた。ジャヴィアがいう。

「ノルガン・テュアをぬけるのは、ポルレイター戦士の危険がないと確認できてからだ。つまり、かれが船内にいないという証拠を見つけるか、かたづけるか、どちらかということ。それをしないうちに、銀河系へ飛行することはない」

ビーザンのキャビンは、かならずしもニーズに応じたものではなかったので、かれは床にしゃがみこんでいた。からだを弛緩《しかん》させ、精神を統一する。

心のなかで呼んだ。

コジノよ、わたしはここにいる。あなたを待ちわびている！

カメラに監視されていようがいまいが、そんなことはどうでもよかった。《バジス》内にエフィデ族やその習慣について知る者はいない。いつだって瞑想を欠かさないことが種族の習慣であると、人々に信じこませるのはかんたんである。

コジノよ、わたしのところへきてくれ！　と、かれの心が叫んでいた。

ビーザンはおのれの精神をすっかり開いた。からだは冷たくなかった。発熱器官が機能しているのだ。

突如として、なにかに心をつかまれ、連れていかれるような気がした。伸ばした触角で、暗澹《あんたん》として底しれないべつの領域のなかをのぞく。

コジノ、わたしを連れていってくれ！

しかし、その直後に、ビーザンは投げかえされたような感覚をうけ、自分がまたキャビンの床の上にいることに気づいた。

コジノはビーザンをつかんだが、ふたたびつきはなしたのだ。

コジノはなぜビーザンを自分の傭兵にしようとしなかったのか？

もしかすると、次なる犠牲者をそうするつもりなのかもしれない。

ビーザンは精神を大きく解放した。

＊

「ハミラー、これでふたりきりになった」ウェイロン・ジャヴィアが周囲から隔離された隣室でポジトロニクスに話しかける。「ここだとわれわれの話すことはだれも傍聴できない」

「そうですね、ウェイロン・ジャヴィア」聞きなれたハミラー・チューブの声が答える。

「でも、なぜそうするのですか？」

「きみはすべてを暴露していないだろう」と、ジャヴィア。「きみのことは知っている。わたしはごまかせないぞ」

「わたしのことを知っている？」その声は、すこしおもしろがっているようである。「わたし自身、自分のこともよくわかっていないというのに」

「それは、きみがペイン・ハミラーの生物的構成要素を持っているかいないか、自分でもはっきりわかっていないという意味か？」ジャヴィアは思わずたずねる。ハミラー・チューブをひっかけるチャンスがあれば、いつでもつっこむ気でいるのだ。

「いまはそんな子供じみた遊びをするときではありませんよ」たしなめるようにその声がいう。「あなたのエネルギーはもっとだいじなことに集中させないと」

「わかった」ジャヴィアがため息をつく。「それで、なにをかくしているのだ？」

「具体的なことではありません。ただ漠然とした予感がするだけです。感触といってもいいほどの」と、ハミラー・チューブ。

「どんな予感だ？」

「脅かされているような感じがするのです」ハミラー・チューブがいう。「なにかが船のなかにいて、システムをいじりまわしている。そのなにかが、技術系のコントロールを奪おうとしているかのような」

「それがポルレイターの戦士だと？」ジャヴィアが問う。

「かもしれません」ハミラー・チューブが曖昧に答える。「探知も分析も特定もできない力なのです。幽霊のようなものです。わたしの意味するところはおわかりでしょう」

「本当にただ幽霊を見ているだけなのかもしれないぞ」と、ジャヴィア。「しかし、この件は放置しない。技術者部隊を選定し、二十四時間体制でチェックする。満足か？」

ジャヴィアは司令室へもどり、計画を実行にうつした。それから、息子の面倒を見るために二、三時間、勤務からはなれた。

オリヴァーは緊張をはらんだ雰囲気に興奮したのか、父親といっしょに使っているキャビンに連れもどされると口をとがらせたが、ジャヴィアは譲らなかった。

「ちゃんと寝ないとだめだ！」と、ジャヴィアはいったが、本当のところは、船内の危険にさらされたセクションから息子を遠ざけておきたかったのである。キャビンが充分な安全を提供するかといえば、それはまたべつの問題であるが。

ジャヴィアには恐ろしいイメージがあったのだ。

〝ポルレイターの戦士〟という概念は、あるひとつのイメージを連想させる。かれにしてみれば、コジノは完璧な戦闘マシンだ。ジャヴィアは文字どおり目の前にその姿を見ていた。ハルト人のような装備を持つ存在……水晶のように硬く、テルコニット鋼のように抵抗力があり、岩塊のように不動で、猛獣のように敏速で、要塞のように武装し、大軍団のように戦闘力があり、不死身で無敵である、というような。

永遠の戦士はこの何倍も危険かもしれない。そんなものが六歳の少年のからだにはいったら！

それがジャヴィアの悪夢だった。

オリヴァーはベッドの上にあおむけに横たわった。目は閉じ、顔はおだやかで、口もとは幸せそうにほほえみながら、キルリアンの手の鎮静作用を享受している。

〝いかなる生命体にも、いくらかのヴォワーレとコジノがひそんでいるもの〟と、テングリ・レトスはいった。

本当にそのとおりだと、ジャヴィアは思う。しかし、自分の心のなかが戦士であったとしても、いまのところ、この手はヴォワーレである。

自分のなかのコジノはどれほどあるのだろう？　多すぎないといいが……

そのとき、ジャヴィアはかれを見た。キャビンにはいってきた、いや、壁をぬけてきたのだ。それとも、壁の向こうのなにかから実体化したのか……異質の領域、異次元から。そこは、動物の死体と死期迫る知性体であふれた、血なまぐさい光景である。

この悪夢の光景を貫いて、コジノがジャヴィアに飛びかかってきた。

ポルレイターの戦士は、野獣であり、軍備強固な要塞であり、水晶のように透明で鋼のように硬く、傷を負うことがなく、不死身で完璧な戦闘マシンであった。その様相は、ウェイロン・ジャヴィアが思い描いていたものと、ぴったりと一致した。

コジノが突進してきた。からだを伸ばし、ものすごい頑強な手でジャヴィアにつかみかかる。その喉は病原菌と死をまきちらす火山のごとき様相だ。

ジャヴィアは叫び、本能的に腕をあげた。非力な防御ではあるが、発光する手を、永遠の戦士に向けてまっすぐに伸ばした。

「悪童オリーを連れていかないでくれ」がらがら声がかれの唇から漏れた。

その瞬間、無音の閃光がはしった。永遠の戦士は内破し、収縮して消滅した。

気がつくと、ジャヴィアは床に伏していた。まず最初に息子へ目を向ける。オリヴァーはなにごともなかったように眠っていた。ジャヴィアは安堵してひと息つき、力なくさがっている自分の手先に視線を落とした。なんの変哲もないただの手に見える。しかし、それらは徐々に光をとりもどして、心地よいむずがゆさが活力をあたえた。

ジャヴィアは両手を顔の前にかざし、まるではじめて見るものであるかのようにまじまじと眺めた。

「キルリアンの手よ」かれはつぶやく。そしてつけくわえた。「ヴォワーレなのか?」

かれはほほえんだ。

自分は素手でコジノから身を守ったのだ。

しかし、かれの顔から笑みはまたすぐに消えた。この出来ごとがつまり、ポルレイター の戦士が《バジス》船内に存在していることをしめすものだったからである。けたたましい警報音が、かれの心の叫びのように鳴りひびいた。スクリーンが明るくなり、蒼白になったサンドラがうつる。美しい顔は驚愕と恐怖のあまりゆがんでいた。

「コジノが……ひどいことが」彼女はいいよどむ。

「すぐ行く」ジャヴィアはそういってから、重苦しい気持ちで息子を起こした。子供を監視なしにそのままのこすことはできない。

幻影との戦いがはじまった。

6

司令室では二十余名が負傷していた。

「死者が出なかったのは奇蹟です」アラスの船医、ハース・テン・ヴァルがいう。かれは負傷者を診察し、医療ロボットに治療させたところだった。「不思議なのは、かれらの傷がさまざまな種類の武器に由来するものだということ。切り傷はナイフもしくは剣、火傷《やけど》は放射兵器によるもののようです。裂傷やひっかき傷、打撲など、あらゆる症状を呈《てい》しています。まるでポルレイターの戦士には何本も腕があり、棍棒からブラスターまであらゆる種類の武器を同時に使って攻撃したかのようです」

「わたしの見た戦士はまったくべつのものだったが」と、ウェイロン・ジャヴィア。

「思ったとおりです」デネイデ・ホルウィコワが口をはさむ。首席通信士である彼女は、司令室でポルレイターの戦士の暴威から難を逃れた数すくない人々のひとりである。

「被害者たちの証言は、例外なしに相反するものなのです。それぞれが戦士について違った描写をしています。かれは変幻自在であるようです」

「コジノはもともと姿かたちというものを持たない」テングリ・レトスが説明する。

「相手の持つイメージにあわせて、その外見を変えてみせるのだ」

「ということは、かれはわれわれの思考を読めるのですか？」ジャヴィアが問う。

「テレパシーではなくエンパシーと関係している」テングリ・レトスが解説。「コジノは、ほかの生物の感情に同調する能力を持っている。ほかの者の心理的イメージをすばやくとりいれ、それを反映させるのだ」

「なぜその情報をいままで教えてくれなかったのです？」ジャヴィアがたずねた。

「これは自分で研究してはじめてわかったこと」ハトル人が答える。「わたしは相応の推論を導きだしているだけだ」

「信じるしかありませんな」と、ジャヴィア。「では、司令室襲撃の失敗についてはどうお考えで？　わたしにはどうも、あなたが描写するようにかれが強力であるとは思えないのです。もちろん、われわれにとっては幸運なことですがね。かれはただのひとりの乗員も、自分の奴隷にすることができなかったではないですか」

「わたしも、コジノが弱ってきているとの印象を持った」テングリ・レトスは認める。

「なにかがかれを鈍らせたようだ。もしそうだとしても、甘く見てはいけない。いまでもかれには、一撃で全乗員を自分の傭兵にする力はあるはずだ。しかし、かれはいったいだれを相手に戦うつもりなのか？　司令室で起こったことは、コジノにとってはたんなる戦闘ごっこにすぎない。かれは挑戦を待っている。独力で全員と戦うのがかれの信条だ。ただ、かれがひとりだけ傭兵を募ったのはたしかだと思う」

「傭兵とはまた……」と、ジャヴィア。「すでにわれわれのなかのひとりとして姿をあらわしたというのですか。司令室の攻撃のときにそこにいただれかが？」

「そうともかぎらない」と、レトス。めずらしい模様のはいった琥珀色の目でジャヴィアを鋭く見つめてから、視線をそのキルリアンの手にうつし、弱々しく笑っていった。「きみがなにを考えているか、わたしにはわかる。ポルレイターの戦士を素手で防御したと思っているのだろう。おそらくそのとおりだろうが、われわれがコジノの傭兵の件を解決するまで、きみは自分の知ったことを秘密にしておくべきだ」

「それがだれか、予想はつかないのですか、レトス＝テラクドシャン？」

「だれでもありえる」

司令室の状態は、だんだんとおちつきをとりもどしてきた。さしあたっての点検では、あの奇異な戦闘にさいし、技術系設備にはなんの損害もなかったことが明らかになった。ただ、ハミラー・チューブとはまったく接続できなくなってしまった。

ウェイロン・ジャヴィアがみずから試みるも、成果はなかった。

そこで明らかになったのは、すべての重要機能や生命維持システムが自動的にオンに切りかわっていることであった。船内放送網も無傷である。ハミラー・チューブの機能不全によって、船内生活に困難が生じることはない。

　そのかわり、超光速エンジンが停止した。通常エンジンも作動しない。ハイパーカムは機能せず、発信も受信も不通。通信は中断した。搭載艇を出すこともできない。《バジス》の乗員たちは外界から隔離されてしまったのだ。

「ハミラーが保安上の理由でこれらの処置をとったのだろう」ジャヴィアは、ハミラー・チューブが自分におよぶ危険について語っていたことを思いだした。「ハミラーは、この方法でポルレイターの戦士がポジトロニクスを掌握するのを阻止するつもりなのだ。また、全船内セクターを宇宙空間から閉鎖することによって、コジノの力が外におよぶのを防いだにちがいない」

「われわれの位置はどうなっている？」テングリ・レトスがたずねる。

「およその数値しかわかりませんが」ジャヴィアが回答する。「クーラトから七百光年はなれています。どうしてそんなことを訊くのです？」

「われわれがヴェーグ星系の近くにいるのかを知りたかっただけだ。その第五惑星はタノンで、ビーザンが属するエフィデ族の故郷惑星だ」と、テングリ・レトス。「しかし、恒星ヴェーグまでは、まだその三倍の距離がある」

「ビーザンが潜在的傭兵かもしれないということですね」ジャヴィアが同意していう。

「そういえばかれは、わたしの手で触れられるのをいやがるのです」

「それでもビーザンは容疑者リストから削除していいぞ」と、ハトル人。「かれはコジノが傭兵にしたいと思うタイプではない。もしわたしがポルレイターの戦士だったら、もっとつかみどころのない神秘的な人物を選ぶだろう」

「あなたのような人ですかね、レトス＝テラクドシャン？」ジャヴィアがたずねる。

「その意見はこのうえなく刺激的だな」ハトル人はにやりと笑った。「だが、きみは安心してわたしに手を乗せていいぞ。わたしはいやがらないから」

＊

ポルレイターの戦士は、ビーザンの必死の呼びかけを聞きとったが、エフィデ族に対しては侮蔑の念しかなかった。ビーザンはかれが戦いに連れていけるような傭兵ではない。この被造物の使い道は、戦いに疲れたときの生け贄《いにえ》となることだけだ。

しかし、コジノの状態はまだそこまでひどくはなかった。

かれはこれまでまったく知らなかったあらたな経験をした。それは敗北であった。最初は思いどおりに運んでいたのだ。自分が乗りうつれる適切な傭兵を選び、敵の時空連続体に関われるようになった。

コジノはこの傭兵に魅了された。その人物は多くの顔を持ち、ミステリアスだった。そのなかにはいりこめばはいりこむほど、ますます謎めいていく。コジノはこの傭兵の精神にも、またその肉体にも、非常に強い結びつきを感じた。

コジノは満足だった。

しかし、第一の障害が行く手に立ちふさがった。コジノは闘技場に選んだ場所にある技術を制御することができなかった。くわえて、乗船している数千の生物のなかに、かれに対して威力ある盾を持つ者がひとりいたのだ。

最初、ポルレイターの戦士はなにも考えなかった。それどころか、戦いがいのある敵と出会ったことに魅了されていた。しかし、自分をこれ以上だませないときがきた。敵の強さではなく、自分自身の弱さがかれを苦しめはじめた。

わたしの狂暴さはどこへ行ったのか？　猛烈な戦闘意欲、獰猛《どうもう》さ、気性のはげしさ、熱血は？　これではまだ、おのれの影にすぎない。

ヴォワーレよ！

かれは、愛と善の権化《ごんげ》である自分の姉を憎んだ。しかし、この憎悪はふたりのあいだにあるものではない。かれらは結びついている。

ヴォワーレは答えなかった。コジノは彼女からかすかな合図さえもうけとれなかった。なにもない。わずかなインパルスも思考も、彼女がまだ存在すると確証してくれる、閃光ほどのわずかな痕跡さえも。

ヴォワーレはもういない……

コジノは、彼女なしでは自分が不完全だと感じた。ポルレイターの戦士は、ヴォワーレという反対勢力があってはじめて、自分ができあがっていたのだと気がついた。かれは憤激のあまり、なかにいるすべての生物もろとも《バジス》を破壊したかった。だが、自分にはそれができる能力がないと感じていた。そのような行為に必要な意志を奮いおこすには、あまりに弱すぎるのだ。

コジノは《バジス》の司令室を闘技場に見立て、同時に二十余名を相手に戦った。剣を使い、腕を何本も持つ野獣になり、スライム質の怪物になり、棍棒を振りまわす原始人になり、とらえどころのない射撃手になった……それでも、暴力をふるうことになんのよろこびも得られなかった。

生まれてはじめて、コジノはおのれに疑問を投げかけた。なんのために戦うのかと！　この最初の問いですでにかれの衰退ははじまった。その疑問がさらに、自分をのみこみそうな雪崩《なだれ》を誘発する。

戦士は、このような疑問は持たない！

だが、コジノは問うてしまった。

かれは思考の重荷に耐えながら、思いをめぐらし、熟考し、上位領域をさまよった。そこでは傭兵の目でものごとを観照した。すると、いかに不可思議な眺望が呈されたことか！　なんのために戦うのか？　なんのために自分はいるのか？　ひとりの永遠の戦士にとって、栄えある任務はどこにあるのか？

ポルレイターの戦士は、ときおり戦闘相手を見つけては、力だめしをするなかで気持ちをしずめようとした。しかし、相手を脅す以上のことができるわけでもない。

ヴォワーレ、どこにいる？

姉はもういない。彼女の痕跡はなにも見つけることができなかった。失意と、つねならぬ問題を処理する方法を持たない無能さを嚙みしめ、見せかけの戦いをする。かれは《バジス》のさまざまな場所で同時に、何十人もの相手と戦った。この戦いが自分の心を充実させてくれるようにと、いっしんに願った。

戦いはかれの神髄である。かれは戦いだけのために創造されたポルレイターの戦士なのだ。おのれにあたえられるべき充足が、もう得られなくなったら、そのときは……

ヴォワーレよ！

＊

ペドン・カウィノはエンジニアだ。格納庫主任メールダウ・サルコの部下として、第五格納庫にある搭載艇の整備を常時うけもっている。年は二十八歳。幼年時代の悲惨な経験により、衝撃をうけたが、その経験はとっくに克服したと思っていた。しかし、いままたトラウマがよみがえってきた。

犯罪がすでになくなった現代の世界でも、ペドンは残酷で無益な暴力を非常に恐れている。かれはだれよりもそれを忌み嫌っていた。無意識下でも、粗野な暴力に直面するのではないかという、絶え間ない不安のなかで生きていた。

この根深い不安が、点検スペースにある無人の一コルヴェットに立ちいったとき、あらわになった。

突然、どこからともなく粗野な男が歩みよってきたのである。ペドンはその凶悪な顔をすぐに思いだした。ペドンがまだ十歳だったころのこと。この男は世話人から逃れた患者で、すぐ近くの通行人に突進し、襲いかかった。ペドンはその無意味な暴力行為の証人となったのだった。

そしていま、この乱暴者がかれの前に立ちはだかり、こぶしを握り、殴りかかってくる。身を守ることはできなかった。こぶしを浴びせられ、痛みの波がからだのなかを駆けぬけるあいだ、ペドンは泣き叫んだ。人形のようにあちこちに投げつけられ、踏みつけられ、殴られて……

いつしか、すべてが終わり、ペドンはひとり痛みとともに放置された。インターカムで船内病院に連絡をする気力が出てくるまで。

ペドン・カウィノの幼年時代の悪夢が現実になったそのとき、かれの直属の上司である格納庫主任メールダウ・サルコは、いわゆる〝けだもの〟と対決していた。ハルト人の先祖が呼ばれていた名だ。

メールダウ・サルコにとって、けだものによる第一次人類の絶滅は、銀河史のなかでももっとも暗い章である。

そしていま、そのような四本腕の巨体がかれに向かって突進してくる。サルコは土壇場でわきへ跳躍することができた。でなければ、けだもののからだと通廊の壁にはさまれて押しつぶされていただろう。

サルコは、けだものが壁に激突したとき、支柱がたわみ、素材が割れる音を聞いた。かれは格納庫のコルヴェットから逃げだし、通信機の警報ボタンを押した。けだものはサルコに追いつくと、かれの行く手をさえぎり、ふたたび攻撃してくる。サルコは四本腕から電撃的にくりだされるパンチを、奇蹟的によけることができた……それとも、相手は自分とたわむれているだけなのか？

いや、これは遊びではない。けだものは自分を殺すつもりだ。サルコはあらためて逃げようとした。しかし、強引にわしづかみにされ、高く持ちあげられ、床に投げつけられた。相手がブラスターを向けてくる……ところが、発射する前に、けだものは空気中に消えた。

「ポルレイターの戦士は、殺し方を忘れてしまったのかもしれない」ハース・テン・ヴァルがそういった。サルコが船内病院で自分の話をしたあとのことだ。

アラスも似たような体験をしていた。

かれの場合、ポルレイターの戦士は剣闘士の姿であらわれた。兜《かぶと》をかぶり、鎖帷子《かたびら》を身につけ、三つ股の矛《ほこ》と狩猟網を持って。ハース・テン・ヴァルの趣味は、古いテラの武器や戦闘方法の研究である。しかし、かれがいくらそのことについてくわしくとも、これらの武器を使うことはできない。

ところがいま、突如として盾と戦棍《せんこん》を手に持ち、同じように装備したポルレイターの戦士と命をかけて戦うことになったのだ。一方的な戦いだった。ほんの短時間のあいだに、コジノはハース・テン・ヴァルを狩猟網で五回もとらえ、矛先をかれの心臓につきつけた。だが、この残酷なゲームが六回くりかえされることはもうなかった。戦士はその前に嫌悪感をあらわすように背を向け、存在平面から姿を消したのだった。

女搭載艇長のダグメ・ジェステルにとって、ポルレイターの戦士は、腕が八対《つい》ある太ったヘビの姿であった。ヘビは獲物を毒牙で殺しはせず、ただ捕らえてその体内に卵を産みつけようとする。ダグメは恐怖と驚愕でたじろぎ、ヒュプノ作用のあるヘビの目に抵抗できなかった。彼女は死を覚悟し、きたるべき運命をうけいれた。ヘビに嚙まれ、硬直した仮死状態となり、意識も失わず神経系も機能するまま、ポルレイターの戦士の卵がからだのなかで孵化するのを耐えぬかなければならないのだ。

しかし、ヘビは彼女に嚙みつかず、最後の瞬間にからだをすくませた。まるでポルレイターの戦士が突然、勝利を満喫することの意味を失ってしまったかのように。

ロワ・ダントンはデメテルとふたり用のキャビンにいて、妻のことを案じていた。彼女が船内のだれよりも危険にさらされていることをしめすいくつかの証拠もあった。デメテルはおちつかないようすで、しばしば異言語でひとり言をいっている。それは、かつての強者が使った慣用句の響きに似ていた。クーラトでも聞いたことがある。

かれの心配する問いかけにも、デメテルはうわの空という感じである。脅されているのか、コジノが待ち伏せているのか、と訊いても、ノーとしか答えない。その答えからは、彼女がポルレイターの戦士を恐がっているようすは感じられない。デメテルが一度、コジノを始末できる、といったことがあった。しかし、ロワ・ダントンはその言葉を信用しない。

コジノが妻に襲いかかったという感覚は、ダントンのなかでますます強まっていた。だから、ポルレイターの戦士が決闘を申しこんできたときも、覚悟はできていた。

これは生死の問題であり、デメテルに関わる問題だ。男ふたりがひとりの女性の寵愛《ちょうあい》をめぐって剣で戦うという、古典的なモチーフである。

気がつくとデメテルは消えさり、ダントンは非現実的な風景のなかでわれに返った。あとになってから詳細を思いだすことはできなかったが、どうもそこは闘技場であるらしかった。多次元世界のチェス盤上にダントンとコジノの駒がふたつ。どちらもハトル人の姿をしている。

「われわれはデメテルをかけて決闘する！」と、ポルレイターの戦士がいう。「これはフェアな戦いだ。きみにも均等な機会をあたえよう」

ダントンはテングリ・レトスと同じ合成素材のコンビネーションを着用し、かつてハトル人が装備したコンビベルトを身につけていた。コジノの装備は、もともとのかれのものとなにも変わりがない。ポルレイターの戦士の戦闘意欲とダントンのモチベーションはどちらも同じくらい強い。デメテルがかかっているのだ。

戦いの火蓋が切られた。ダントンの視点からはあまりにも非現実的に見えたが、それが現実的背景をともなっていることはわかっていた。ここで死ぬことは、必然的に実際の死を意味するのだ。

ダントンは自分の姿を不可視にし、位置も変えた。しかし、コジノはダントンの居場所をつきとめ、姿を暴《あば》いた。そのあとにつづく砲火は、輪郭バリアのおかげでなんとか持ちこたえることができた。まだ連続射撃がつづいているあいだに、ダントンは時間転送機を用いて、まだ戦闘がはじまっていない時点までもどった。しかし、コジノが予防策を講じたため、ダントンの致死性ビームは空《くう》を切った。コジノはプロジェクションを送り、

「デメテルにかけて！」と、それにいわせた。コジノ自身は時空を一望できる高次のエ

ネルギー平面にいたが、いまやそこからあらわれ、自発転送機でダントンを一恒星へ投げ飛ばそうとした。ダントンは四苦八苦しながら、この攻撃も防御することができた。

長い攻防がくりひろげられた。やがて両者ともはてしない戦いに疲れはて、たがいに相手の砲火を真正面にうけることになる。あたり一面は地獄となり、ふたりとも燃えて灰になってしまったかもしれない。もしも……

……デメテルが両者のあいだに割ってはいらなかったら。しかし、彼女はどちらかを支持したわけでも、ふたりを相手に戦ったわけでもない。ただこういっただけだ。

「わたしはヴォワーレじゃない。ヴォワーレのかわりにもなれない」

この言葉で、戦いは終わった。

ダントンは気づくとふたたび《バジス》のキャビンにいた。疲れきっており、からだの感覚もない。頭の上にデメテルの無表情な顔を発見した。自分に呼びかけているハトル人も見えた。その男がいう。

「わたしだ……テングリ・レトス＝テラクドシャンだ。まだ力があると感じるのだったら、デメテルといっしょについてきてほしい。ポルレイターの戦士と決着をつけようじゃないか」

ロワ・ダントンはこの言葉の意味を完全には理解しなかったが、同意するようにうなずいた。かなり苦労して立ちあがったものの、歩くにはハトル人に支えてもらわなければばならなかった。

かれらは三人で立方体のあるラボへとおもむいた。

ウェイロン・ジャヴィアとエフィデ族のビーザンもすでにそこにいた。

＊

戦士は戦闘で疲れはてていた。

武器は鈍化していた。

まだかれに力があり、《バジス》に突撃して破壊したとしても、満足はしなかっただろう。かれには弱さにたちむかう力も、弱さを乗りこえて勝利する力もない。敵に対して叛乱を起こしたり、同列におこうなどという気持ちも起きなかった。デメテルはヴォワーレであることを否定し、ヴォワーレのかわりになろうとさえしなかったのだから。

かれはあきらめた。

傭兵の目を通して一同を見わたす。

そこには、選ばれし有望な対戦相手、ロワ・ダントンがいた。ダントンは自分の体験を語った。

「デメテルはわたしの命を救ってくれた。わたしは戦いにあれ以上、耐えることはできなかっただろう。完全に燃えつきていたのだ」

それはポルレイターの戦士も同じことだった。

そこには、コジノを奥底からひきあげたハトル人の大男もいた。コジノは感謝も憎悪もおぼえない。無感覚になっていた。

そこにはまた、手に防御盾を持つ男もいた。まったく無防備なようすで、泰然自若《たいぜんじじゃく》とし、事情を心得ているふうである。かれにはわかっているのだろうか？

ポルレイターの戦士は全員から見通されているような感覚だった。とりわけ、デメテルから。しかし、エフィデ族だけは違った。ビーザンはこの小グループのなかで唯一、まだ戦士のことを信じていた。期待に満ちて、いまだに精神を大きく解放し、開いた立方体に触角を向けている。

もしかするとこの被造物が自分の最後の砦かもしれない、と、ポルレイターの戦士は思った。ビーザンは傭兵としては魅力がないし、コジノにもそのつもりはなかった。傭兵はもう必要ない。これ以上は戦わないのだから。かれは負けたのだ。ヴォワーレはかれから去り、デメテルはヴォワーレの地位につくことを拒否した。

ウェイロン・ジャヴィアがダントンにいう。

「デメテルはこの対決にさいし、重要な役割をになっていました。しかし、結局のところ、あなたが殺されずにすんだのは、ポルレイターの戦士が自分の宿命に忠実でありつづけられなかったおかげです。コジノは、定められた目的にけっして達せないと認識して以来、もう無条件に戦うことができなくなったのです」

「どんな目的だったというの?」デメテルが問う。

「きみを征服することだ」テングリ・レトスが《バジス》の船長にかわっていった。いまや、ジャヴィアから監督役を譲られている。「われわれには想像することしかできず、本当の状況を語れるのはきみしかいない、デメテル。どうしても必要というわけではないが。ヴォワーレがもはや存在しないことと、コジノが自分の鏡像体にかわるものを探していたことは事実だ。かれはそれをきみのなかに見つけられると思った。ある種の存在証明として、そのような対極の力が必要だったのだ。ヴォワーレとコジノはたがいに均衡をたもっていたが、いまは天秤の針が一方にしかかたむかない」

「でも、そういうことならば、ポルレイターの戦士は圧倒的に強くなるはず」デメテルが反論する。「対極の力がなければ、自由に発展できるのでは」

「またしても推測することしかできないが、過去にコジノの根底を揺るがすほどの出来ごとがあったのではないだろうか」テングリ・レトスが解説する。「セト=アポフィス要素がケスドシャン・ドーム地下の丸天井空間で猛威をふるったさい、立方体もやられて、コジノは著しく弱ったのではないか。セト=アポフィスがかれを抑制し、はげしさや戦闘力を奪ったのだ。それにくわえ、ヴォワーレの喪失による変化があった」

デメテルはかぶりを振った。レトスがいいおわると、ついに感情をほとばしらせる。

「いいえ、それは違うわ。コジノはずっとそうだったように、いまでも戦士よ。かれの戦闘力は失われていない。いまでも一撃であなたたちを潰滅させることができる」

「われわれ、かれに挑もうとは思っていませんよ」ウェイロン・ジャヴィアはおだやかにいいながら、デメテルにゆっくりと近づき、青く光るオーラにつつまれた両手を目だたないようにあげた。デメテルは呪縛にかかったようにそれを見つめ、指のどんなかすかな動きをも目で追った。「しかし、事実は、コジノが自分の望みをもう満たせないということ。セト＝アポフィスから力を奪われたのではないとしたら、ヴォワーレの喪失がかれを弱めたということになる。でなければ、なぜ、溺れる者が藁《わら》をもつかむように、あなたにとりつこうとしたのです？」

ロワ・ダントンはそれまで黙って聞いていたが、突然、デメテルへとつきすすみ、彼女を守るようにそばにならんだ。

「妻をそっとしておいてくれ、ウェイロン」ダントンはつっけんどんにいう。「きみが彼女を疑っているのはわかるが、それは思い違いだ。デメテルはポルレイターの戦士とはなんの関わりもない。異端審問のようなやり方で苦しめるのは許さない」

「デメテルがコジノの傭兵でないのなら、なにも恐れることはありません」ジャヴィアはいって、キルリアンの手をかかげた。

デメテルは、光る手が顔に近づいてくるのを見て、頭をうしろにそらした。彼女の顔がひきつる。それはもみあう感情をうつす鏡であった。

「コジノは強い」震える声でデメテルがいう。「もしかれと争いをはじめたら、あなたたちは全滅させられる。わたしのほうにこないで、ジャヴィア!」

彼女は目を不安そうに見開いた。ダントンは彼女を助けようとしたが、テングリ・レトスが歩みより、力強い腕でかれを制止した。

ジャヴィアはデメテルの威嚇《いかく》におじけづくことはなかった。手をあげ、それでデメテルの顔をつつむ。すると突然、彼女のからだがはげしく痙攣しはじめた。デメテルは棒立ちになったと思うと、ふたたびくずおれた。

戦士が外へ出たのだ。

その場は硬直し、時間がとまったようだった。

次にコジノは、圧縮された溶岩のように燃えさかる炎となって姿をあらわした。灼熱の流動体となった戦士は、武具師の鍛冶場にはいりこみ、いまや成型されるのを待ち望んでいる。

一同にはかれが見えた。それは全員にとって同じコジノの姿だった。

硬直して静止状態にある人々の列のあいだを、コジノはゆっくりと歩む。それは誇らしげな、じつに堂々とした姿で、力がみなぎり、猛烈な活力にあふれていた。恒星ひとつぶんのエネルギーを内包しているのだ。

このとき、かれはまわりに立っている人々をひと吹きで殺すこともできただろう。かれの呼吸は恒星の炎であったのだから。次のひと息で《バジス》全体を燃やしてしまうことだってできたかもしれない。

しかし、コジノは鍛冶場へ向かう戦士とならず、後退しはじめた。うしろにさがり、成就から根源の場へと栄光の道をもどっていく。かれはもうとっくに決意していた。なぜなら、ヴォワーレなしに、おのれの生は満たされず、無意味だから。

もう一度だけ、敵に自分の姿をしめしたかったのだ。いま一度、棒立ちになり、全身のエネルギーを集中させる。やがて、エネルギーはふたたび消滅した。からだを流れていたマグマが冷え、硬化する。多孔質の燃えがらは崩れ、灰と化しはじめた。

崩壊はみるみるうちに進行していく。しかし、この誇り高き姿が完全に消滅してしまう前に、ビーザンのもとへと達した。

コジノはエフィデ族がひろく解放した精神に乗りうつり、それを占有した。ビーザンの触角が震えた。発熱器官がポルレイターの戦士のリズムで動きだし、ビーザンの体温を調節した。

ビーザンは立方体へ行き、そのなかへはいった。開いていた面が背後で閉じた。

ポルレイターの戦士は自分の牢獄に帰った。失望し、打ちひしがれ、自分の闘技場にしようとした大宇宙へ苦々しく背を向けたのである。

コジノは二度とデメテルの……ヴォワーレのほうを振り向かなかった。

かれは自分の根源の場へ帰ったのだ。その道を厳格に歩んでいき、やがて絶対虚無にたどりつくだろう。

それがいま、コジノの望みのすべてであった。

*

テングリ・レトスが興奮して司令室に飛びこんできて、叫んだ。

「立方体がポルレイターの戦士もろとも消えた!」

これを聞いても、だれも驚かない。

テングリ・レトスは追いたてられた動物のようにまわりを見わたし、燃えるような視線を一同の上にはしらせた。かれらの顔は無表情のままだ。レトスの琥珀色の目がウェイロン・ジャヴィアのもとでとまった。

「きみの部下が立方体を盗み、宇宙空間へ放棄したのだ」告発するようにいう。「それなのに、高みの見物をしているのか」

「わたしがそのことを聞いたときには、もうすでに手おくれでした」ジャヴィアはおちついていう。「わたしには阻止できなかった。いや、だれにもできなかったのです」

「もっとよく監視するべきだった!」

「それも役にたたなかったでしょう」ジャヴィアは確信を持っていった。「それをやった者の身元を知りませんし、調査しようとも思いません。かれらに罪はない。わたしはかれらが高次の命令にしたがっただけだと信じています。反論はできませんでした」

「つまり、コジノ自身が……？」レトスは最後までいわなかった。それから、真剣に考えこんでいた。

「きてください」ジャヴィアはいって、ハトル人をパノラマ・スクリーンへと誘導し、まんなかに見える輝く恒星を指さして説明する。「われわれの計算では、立方体はこの恒星にコースをとっています。重力のせいで、コースをはずれることはありません。立方体は必然的に恒星に突進し、そのうち燃えつきるでしょう」

テングリ・レトスはスクリーンを食いいるように見つめた。司令室内はしずまりかえっている。ハトル人が見つめているあいだにも、輝く光点はどんどん明るくなり、三倍の明度にまで増強したかのように見える。

ただこの明るさは、視覚的・外見的なものであり、星の絶対的な光度を語るものではない。

それでも《バジス》の乗員たちにとって、この恒星がより明るく輝いて見えることは、大きな象徴的意味があった。かれらには、立方体がこの恒星の炎のなかに消えていくことが、ひとつの清めの行為であるように思えたのだ。こうしてポルレイターの戦士の悪事は、恒星の浄化エネルギーによって昇華された。

テングリ・レトスは、スクリーンに背を向けた。

「まるでドラマの幕切れのようだな」と、小声でいう。「寓話ともいえるか。ポルレイターの力の決定的衰退を告げるシグナルだ」

「あなたのすべての苦労がむだとなってしまい、申しわけありません」と、ウェイロン・ジャヴィアがいう。

「それにもまして、ペリー・ローダンや銀河系に期待された支援を提供できなくなったことが残念だ」と、テングリ・レトス。「ポルレイターの戦士は威力ある武器になっただろうに。それでもわれわれは、これからすぐに銀河系へと出発しなければならない。船がまた完全に機能するのだから、なおさらだ」

「船は帰還に向け、すでに準備がととのっています」と、ウェイロン・ジャヴィア。「まもなく出発します。ああ、それからもうひとつだけ。ハミラーからあなたへ質問があるそうです。直接、聞いてもらいましょう」

ジャヴィアはテングリ・レトスをコンピュータのほうへ案内した。

「こちらはハミラーです」ポジトロニクスのなじみのある声がいう。「テングリ・レトスに質問があります。ポルレイターの戦士が武器として使い物にならないことが明らかになったいま、その代替物をどうするかという疑問が生じました。ほかにどのような支援を提供できるのでしょうか?」

テングリ・レトスはしばらく沈黙したのち、答えた。

「こうなったら、ペリー・ローダンには〝コスモクラートのリング〟が必要になる」

そのあと、テングリ・レトスは質問攻めにあったが、この話題についてそれ以上の意見を述べることはなかった。

《バジス》は、八千七百万光年はなれた銀河系にコースをとって出発した。

あとがきにかえて

原田千絵

オルガンの話がしつこくてすみません。またまた前回（第五三四巻のあとがきにかえて）の続きである。

村の教会のS牧師の依頼を受け、この初心者で非クリスチャンのわたしが、礼拝でのオルガン伴奏を引きうけることになった。もちろんいきなりはできないので、レッスンで作品と並行して、讃美歌や典礼曲の手ほどきも受けていくこととなった。J先生曰く、「最近わたしの別の生徒（大人の初心者）が、やはり彼女の地元の教会の牧師さんに声をかけられて、わたしに相談せずに勝手に奏楽しました。ところが、それが散々な出来でトラウマになってしまい、もう二度と礼拝で伴奏しない、といっているのです。そんなことになっては残念ですからね」

そして先生は、まず自分がカントール（オルガニスト・聖歌隊指導者・指揮者として、教会音楽全般を受け持つ音楽家）を務めている隣の市の教会で、わたしに代理させてみることにした。本来先生が奏楽をする礼拝を、わたしが弾くのである。先生は牧師と話をつけ、讃美歌はわたしが練習したナンバーをプログラムに入れてもらい、礼拝中は先生がセコンドのようにつき添ってくれるという。

しかし、奏楽デビューだけでも大ごとなのに、隣の市の教会で、というのもわたしにとっては更なるハードルであった。自分が日ごろ慣れ親しんでいる村のオルガンではなく、まったく違うオルガンを弾かねばならないからである。オルガンという楽器は、二つとして同じものはないといって過言ではない。もちろん、ピアノやバイオリンも個体による品質や音色の違いはある。しかし、ピアノもバイオリンも、楽器としての規格は決まっているし、弾き方も大きく変わるわけではない。それに対し、オルガンは、設置される教会に合わせて製作されるから、鍵盤の段数、ストップ（様々な音色を選択できる栓）の数、ストップの種類、足鍵盤の形状、様式（バロックとかロマンティックとか）、キー・アクションがメカニック式なのか空圧式なのかハイテクのデジタル式（コンピュータ制御）なのか等々、規模や仕様が細部にわたって一台一台違う。したがって、違う教会で弾くには、まずはそこのオルガンがどのような機能を持っているのか、ストップをどのように組み合わせればよいか、鍵盤やペダルのタッチはどんな具合か、など知る必要がある。わが村のオルガンに比べると、隣の市のオルガンは規模が大きくストップがたくさん並んでいる。ベテランのオルガニストであれば、オルガンの仕様をすぐに把握し、短時間で対応できるが、経験の浅い者には容易なことではない。少なくともわたしは、何度も隣の市の教会に通い、時間をかけてオルガンに慣れなければならなかった。

そしてわたしのデビュー戦の日曜日がやってきた。

礼拝はまず、鐘の音がガランゴロンとにぎやかに鳴りひびき、町中の人々に礼拝の開始を告げるところから始まる。これが五〜一〇分ほど続き、だんだんと音が小さくなり間隔が長くなっていく。礼拝に参列する人は鐘が鳴り終わる前に教会に入っていなければならない。牧師が入場してきて祭壇脇に座る。階上のオルガニストは、オルガン前のベンチに座り、鐘の音にじっと耳を傾け、スタンバイしている。この鐘が鳴りやむのを待っているあいだの緊張といったら！　鐘がフェードアウトしていくのに反比例して、心臓の鼓動が自分でも聞こえるほど大きくなる。やがて鐘の音が消え入ると、前奏をジャーン！　と始めるわけだ。わたしは、前奏にバッハの快活なハ長調小プレリュードを弾くことにしていた。練習を重ね、弾けるはずなのだが、あまりの緊張で指の感覚が自分のものでないかのようにふわふわと浮つく。なんとか最後までたどり着くのに必死であった。緊張をコントロールする精神の強さは、いまだに課題である。

礼拝には、ほぼ決まった式次第があり、オルガンは前奏から讃美歌五曲、典礼曲、場合によっては聖餐式や洗礼式の奏楽も織りこみながら、最後の後奏までひっきりなしに出番がある。プログラムの流れやタイミングを把握するまでは、いや、把握してからも、礼拝中いっときも気を抜けない。讃美歌では、イントロのあとに会衆の歌声が入ってくる。これは事前に合わせの練習をしているわけではないので、会衆とのぶっつけ本番のセッションといったところ。会衆が歌いだした途端、テンポが合わなくなったり、一人で練習しているのとはまた勝手が違うのである。先生の教えは、

「オルガニストがその歌のテンポを決め、イントロでそれを知らせ、会衆を引っぱっていくのですよ。オルガニストはよく人から、伴奏が遅すぎるだの速すぎるだのいわれますが、結局のところどう弾いてもいわれるものなのです。だから人のいうことにあまり左右されないこと。それから、もし途中でオルガンがミスしても、会衆は歌いつづけてどんどん先に行きますから、オルガンも止まらないことが大事です。左手やペダルをまちがっても、右手のメロディーだけは弾き続けなさい」

意外と難しかったのが、説教直後の讃美歌であった。説教では牧師が二十分ほど話をするので、オルガニストにとっては幕間が長い。そのあいだ、自分も説教の内容に入りこんでいたり、あるいはボーッとしていると、「……うんぬんかんぬん。アーメン！」といきなり説教が終わり、オルガニストが次の讃美歌をリードしなければならないのに、自身の頭の中が白くなっており〝あれ、どんな歌だっけ？　どう弾くんだったか？〟と

次の歌にすんなり入れないのである。説教のあいだも、話に留意しつつ次の曲に集中し、淀みなくイントロを弾き出せるように準備していないといけない、と学んだ。

礼拝最後の後奏では、悪夢が現実となった。同じくバッハのハ長調小フーガを弾いたのだが、途中でペダルを踏みまちがい、動揺して手と足がちぐはぐなまま、不協和音を響かせながらフィニッシュしてしまった。先生は、わたしが崩壊していっても、タオル一枚も投げ入れてくれず、じっと階下を眺めていただけだった。終了後、わたしが打ちひしがれていると、先生は、

「どうしちゃったんですか？　まぁ仕方ないですよ。わたしも毎回なにかやらかして、パーフェクトな奏楽なんてできたためしはありませんからね。でもね、人って案外オルガンなんてそれほど注意深く聴いてないものですよ。大半が皆知らない曲なのだから、ミスしても本人やよほどの専門家以外にはそんなにわからないものです。だからまちがってもあまり気にせず、平然として弾けばいいのですよ。わたしは下の様子を見ていましたが、後奏のときは多くの人が、帰り支度を始めたり立ちあがったりして、ちゃんと聴いていませんでしたよ」と慰めて（？）くださった（それにしても、あの不協和音の醸しだされたフーガは、さすがの素人でも「なんか変？」と思ったことだろう……）。

わたしの生まれて初めての奏楽は、緊張と失敗のうちに終わった。その後、村の教会でもデビューをし、だんだんと奏楽する機会も増えていったが、緊張と失敗は絶えるこ

となく、恥ずかしい経験は枚挙にいとまがない。いつだったかS牧師の説教中、ふとインターバルがあったので、わたしは〝ちょっと短かったような気がするけど、説教終わった！〟と勘ちがいして、次の讃美歌を弾きはじめた。ところが、イントロが終わって本歌に入ったのに、会衆がついてこない。〝この静寂はイヤな予感……〟と思って、弾くのをやめて祭壇のほうを見やると、S牧師は、「今のは小さな音楽的間奏でした。説教を続けますネ」とにこやかにフォローされた。わたしはそこで初めて自分がタイミングをまちがってしまったことに気づき（話を聞いていない証拠！）、階上で一人顔から火を吹き出していた。J先生は、つい最近まで自分が学生だったので、生徒の立場をよくわかっておいでで、わたしが泣きつくたびに、いつも実際的でぶっちゃけたアドバイスを授け、励ましてくださるのであった。

オルガンを習いはじめて四年が経ったとき、J先生は教会との契約が切れて、遠くの町へ移ることとなった。それとほぼ時を同じくして、なんとS牧師も、家庭の事情で急に別の町へ引越しをすることになった。お二人は、わたしの前に同時に現われ、オルガンの道を導いてくださると、ふたたび同時に去っていった。この偶然に意味を与えるとしたら、わたしのオルガン・ライフは新しい段階に入ったということなのだろう。わたしは二人の大切なパトロンを失うことになったが、貴重な教えと、数々の思い出と、心からの感謝とともに、オルガンはこれからもずっとわたしの人生の伴奏をしてくれるにちがいない。

訳者略歴　慶應義塾大学文学部卒，翻訳家　訳書『クランの裏切り者』テリド＆クナイフェル，『回転海綿との邂逅』フランシス＆マール（以上早川書房刊）他

HM=Hayakawa Mystery
SF=Science Fiction
JA=Japanese Author
NV=Novel
NF=Nonfiction
FT=Fantasy

宇宙英雄ローダン・シリーズ〈544〉

黄金《おうごん》の粉塵人間《ふんじんにんげん》

〈SF2124〉

二〇一七年五月　十　日　印刷
二〇一七年五月十五日　発行

（定価はカバーに表示してあります）

著者　マリアンネ・シドウ
　　　エルンスト・ヴルチェク
訳者　原《はら》田《だ》千《ち》絵《え》
発行者　早川　浩
発行所　株式会社　早川書房

郵便番号　一〇一 - 〇〇四六
東京都千代田区神田多町二ノ二
電話　〇三 - 三二五二 - 三一一一（大代表）
振替　〇〇一六〇 - 三 - 四七七九九
http://www.hayakawa-online.co.jp

乱丁・落丁本は小社制作部宛お送り下さい。送料小社負担にてお取りかえいたします。

印刷・信毎書籍印刷株式会社　製本・株式会社川島製本所
Printed and bound in Japan
ISBN978-4-15-012124-2 C0197